JN022096

どうぞお続けになって下さい。

～浮気者の王子を捨てて、拾った子供と旅に出ます～

レティシア
前世の記憶に目覚めた侯爵令嬢。
自分の人生を取り戻すために
旅に出る。
レナト
「忌み子」とされる黒髪の少年。
助けてくれたレティシア
のことが大好き。
登場人物紹介
Characters

国王
アンストート王国の国王。
ジェレマイアの父。
王妃
アンストート王国の王妃。
レティシアをとても可愛がっていた。
レティシア
魔法の力で老婆の姿に
変装したレティシア
ロザリンド
レティシアの妹だが、
ジェレマイアと禁断の関係に。
ジェレマイア
アンストート王国の王子。
レティシアと婚約していた。

第一章

月の光も星の瞬きも消えた闇夜。

静寂と暗闇に包まれた室内。

淡く室内を照らす灯りは闇夜にそっと隠した秘密の在処を示す道しるべのよう。

室内を彩る高級な調度品の間延びした影が壁に映っている。

動かないそれとは別に、影絵のように動く影が二つ。

影の先に見えるのは、今から睦み合うつもりだろう男女の姿。

せわしなく互いの衣服を脱がせ合いながら、激しい接吻を交わしている。互いの呼気を奪うかのような口づけでますます荒くなる呼吸の合間に漏れ出る、甘えたような嬌声。

女の胸元の肌が露わになるにつれ興奮した男がのしかかり、女はドサリとベッドに倒される。

男はそのまま女に覆いかぶさるようにして、期待するように見上げる女の唇を奪った。

――うーん……卑猥。ここまで観察すればいいかな。いいよね？

レティシアは手に持った魔道具に流していた己の魔力を遮断し、動作が正常に停止したことを確認する。

これで「言い訳無用の証拠」のできあがり。

卑猥な影を作るそこの男女は、自分の近しい知り合いである。知り合いの濃厚ラブシーンなど見る趣味はないし、勧められても断固として見たくない。それなのにわざわざ隠蔽魔法まで駆使して部屋に身を潜めていたのは、この証拠を得るためだ。

男のほうは長年の婚約相手、女のほうは血の繋がったレティシアの妹。

ただの浮気と呼ぶなかれ。彼はこのアンストート王国の王子なのだ。それが婚約相手の妹に手を出した。大変な醜聞だ。

この証拠は大切な切り札になる。

——私が狙うのは婚約破棄じゃない。王命で結ばれた王家と我がリデル侯爵家の繋がりはそのままに、王子の婚約相手を私から妹に入れ替えるのよ。

婚姻後も側室や愛妾などを山ほど持てる王族相手に、婚約段階での火遊びを理由に婚約破棄だと迫ったところで相手にはされない。なにも今回が初めてではないのだ。そのたびにレティシアは婚約破棄の意思を口することすら許されず、ただ王子に対する指導という形で手打ちとされた。

誰も彼も本気で婚約をとりやめることはない、できないと思っている。

正直、別に今さら浮気された怒りから婚約解消を望んだわけではない。

ただ、己の人生を取り戻したいのだ。

国のために民のためにと世継ぎの王子の隣に並び立ち、苦楽をともにしながら影に日向に支えていこうという、かつての健気で崇高な思いはもう微塵もない。

その崇高で健気な役は妹が担ってくれるだろう。

浮気している人間に責任感なんてあるわけないが、それでは困るのであるということにしておく。

きっと愛の力でどんな困難も乗り越えていけるはずだ。

ここまで来るまで、なかなか長かった。


婚約が決まったのはレティシアが九歳、王子ジェレマイアが十七歳の時。

結構な年の差だった。

婚約してからこれまでの間、唇へのキスはもちろんのこと頬に口づけられたことすらない。

五年以上経っても進展はなく、幼い頃のイメージが消えずにそういう対象として見られないのかもしれない。

初めて婚約の打診があった時は幼すぎて釣り合いが取れないだろうと、両親がやんわりとお断りをした。ほかにも婚約者候補はいることだし、そこで引き下がるだろうと思われた。

……が、懲りずにまた打診が来た。打診というか、国王じきじきの命令であった。

それ絶対に断れないやつ……である。

お父様は激しく抵抗し、当時はだいぶ荒ぶっていたが、お母様がなんとか宥めていろいろな条件をつけることでようやく婚約は成立。

幼心にも婚約相手がずいぶん年上のこの国の王子だったことに、とても驚いた。

もしかして、自分の知らないヒミツの姉がいるのでは？　と思わず明後日の方向に考えが行くほどには信じられなかった。

八歳の年の差も、ある程度の年齢になればそう珍しくはない。

しかし、幼い少女だったレティシアの目に王子の姿は父や母と同じに見えた。

婚約者と過ごす時間は、大人である彼とどう仲良くすればいいのか、なにを話せばいいのか戸惑うばかりだった。

それでも、憧れはあった。

初めて会った時は、まるで御伽噺（おとぎばなし）の世界から抜け出してきたように美しい王子様だと思った。

その美しい王子様と婚約した自分は、たくさんの人たちに祝福される『いつまでも幸せに暮らしましたとさ』の、お姫様。

けれど現実は甘くない。むしろ苦いことのほうが多いことを少女だったレティシアが知るのに、さほど時間はかからなかった。

夢見ていたような甘い展開にはならないし、お姫様になるにはなにもかも足りなかった。

貴族令嬢としての教育とは、まるで次元の違う妃教育。求められる水準の高さが少女だったレティシアを作り替えようとしてくる。

「できないので辞めます」なんて言えるわけがないし、許されるわけがない。

できなければできるまで終わらない。

できた後はすぐに上のレベルが求められ続ける。

終わりのない階段を一段上がるたびに、優秀だと褒めそやされ、さすがですと微笑まれる。

けれどレティシアが特別優秀かといえばそうでもない。少し記憶力がいい程度だ。

厳しい授業の後で必死に復習をして、毎日毎日気が遠くなるほどに繰り返し、次の授業の日にそつなくこなした風を装っていただけ。

そんな日々だから婚約者と交流する時もマナーを厳守することにばかり必死だったし、頭の中も学んだばかりのあれこれがぐるぐるしていた。

王子様と仲良くする、などという余裕はあるはずもなかった。

『いつまでも幸せに……』ではなく国とそこに住む国民のために、妃として選ばれた自分ができることを考えようと、歯を食いしばって努力する日々だった。

やがて教育の厳しさにも少しずつ慣れた頃。

世継ぎの王子様なら自分以上に辛さを味わっているだろうと考え、ジェレマイアに弱音を吐いてもらえるようになりたいと思った。

互いに励(はげ)まし合うことができればもっと頑張れそうだと。

けれど、どんなに話しかけても王子は薄い笑みを向けてくるばかり。

話す内容も似たり寄ったりで、心の距離は近くなるどころか遠くなっていった。

幼いレティシアに、人の心の機微(きび)はまだよくわからない。

母は「優しくしてほしければ、まずは自分から相手に優しくするのよ」と言っていた。

けれどレティシアが思う優しさを尽くしたところで、王子の態度は変わらなかった。週に一度、婚約者との交流として王宮の庭でお茶をする時間も、だんだん苦痛を伴うものになっていった。

レティシアがなにを話そうと、「それは頑張りましたね」「偉いですね。このまま頑張ってくださいね」が交互に返ってくるばかりで、思い出せばいつもとってつけたような態度であった。

幼い婚約者が相手では、子守りをさせられているようなものだっただろう。

八歳も下の女の子となにを話せばいいか、王子も同じように戸惑っていたのかもしれない。

そんな日々が続き、ついに正式な婚約のお披露目を迎えた。

レティシアの年齢では夜会に参加できないため、王家主催の盛大なお茶会が開催された。

そこでレティシアに突きつけられたのは、なぜジェレマイア王子が自分に対して距離を置いているのかを知らしめるような現実だった。

「幼い貴女では殿下は満足できないでしょうね。殿下がお可哀想」

美しく着飾った王子と近い年の令嬢たちが、言い回しは違えどそんな内容の言葉を繰り返しレティシアに告げる。

満足、とはなんだろうか？　王子様が可哀想？　とたくさんの疑問を頭に浮かべるレティシアに渡されたのは、綺麗な装飾の封筒に入った手紙だった。

お披露目を終え、屋敷に戻ったレティシアはその手紙を開いた。

名前は書いていなかったが、渡してきた令嬢の顔は覚えている。

十歳になったばかりのレティシアにとって、その内容は難解であった。意味のわからない箇所を何度読んでもますます謎が深まる。

すっかりお手上げになったレティシアは母のもとへ向かい、読んでもらうことにした。そして無邪気な顔で、手紙に書かれた内容の意味を尋ねたのだ。

青くなったり赤くなったりしながら読み終えた母は、すぐさま父を呼ぶよう母付きの侍女に伝えた。そして慌ててやってきた父に無言で手紙を渡した。

読み終えた父は激昂し、手紙をくしゃくしゃに丸めて捨てた。

優しい顔しか見たことがなかった両親が鬼のように怒る姿に怯えながら、レティシアは「あの手紙はよくないものだったのだ」と理解した。

手紙の全容まではわからなくても、使われている単語が男女の恋愛のことだということは理解していた。ただそんな話を自分に語る意味がよくわからなかった。

両親の怒りから、ようやくその内容が卑猥で侮辱的な内容だとわかったのだった。

手紙を渡してきた令嬢は王子の恋人なのかもしれない、と思った。

そのまま両親の怒りに任せていれば、もしかしたらその時点で婚約解消ができたかもしれない。

その時のレティシアは幼く純粋すぎて人間の妬み嫉みという汚い感情に対してまったくの無知だった。高度な妃教育を受けていながら、徹底的に守られた箱入りの脳内お花畑少女だったのだ。

レティシア嬢と直接話がしたいという王家からの必死な打診で話し合いの場が持たれ、あの手この手の謝罪と言い訳の数々に、よくわからないままに受け入れてしまった。

「二度とこのようなことがないように徹底する。大変申し訳なかった」という王の言葉を。

それはつまり、二度とこのような関係をレティシア以外と結ばせない――という意味だと信じ切って。

――前世の記憶が戻った日。

あの日は、王子との交流のお茶会が我が侯爵家で開かれる日だった。

週に一度、義務感だけでともにする二人だけのお茶会。挨拶と近況を報告し終えればもう話すこともなくなる。あとは定められた時間までお茶を飲むだけ……

交流のためと言われて婚約して以来続けてきたが、関係がよくなるどころか後退している気すらする。それでも変わらず毎週開催されるこの時間に、重たい憂鬱を感じていた。

婚約者となってずいぶん時間が経つというのに、レティシアがジェレマイアについて知っているのは公にされている情報だけ。

こんな有様で結婚など、まさに夢のまた夢ではないのか。

(結婚すれば、変わる?)

まさかである。悪化することはあっても好転することはないと思わざるを得なかった。

お互いに相手のことを苦手だと思っているはずだ。

それぞれ歩み寄ることもせず、ただ時だけが流れた五年間だった。

そんな状態が続いたお茶会の日――

王子の訪れをメイドに知らされ、レティシアはお茶の用意がされている庭先へ出た。

しかし用意された場に王子はおらず、使用人も知らないとばかりに首を振る。

待たされることはたまにあるが、それは王宮でのこと。執務に時間がかかって、というくらいだ。

ここで待つか探すか、すれ違いになっては面倒だし……と少し迷ったが、結局探すことにした。

応接室、父の執務室前、正面玄関、まさか自分の部屋かと、レティシアはかくれんぼする相手を探すように屋敷を歩き回った。

そして……見つけた。

屋敷の建物から少し離れた庭の東屋。父と母が二人きりで静かに過ごす時に、よく利用している場所だ。

そこに王子はいた。けれど、一人ではなかった。

レティシアの妹、ロザリンドと——キスをしていた。

あの手紙の一件があってからも、結局裏では王子がほかの令嬢たちと関係をもっているという噂は幾度も耳に入っていた。「二度とこのようなことがないように」という王の言葉は、レティシアに直接関係を知らせるような狼藉はさせないという話でしかなかったのだ。

辛く悲しかったが、もはやなにも感じなくなるほどにはもう慣れていた。

それでも、さすがに血の繋がった妹との裏切りはショックだった。

吐き気と頭痛がした。重たい絶望が体を雁字搦めにして、この場から逃げ出したいのに足が地に根づいたように動かない。

表は清廉潔白な顔をして裏では大変に好色な王子の裏切りよりも、妃教育がはじまるまでは仲がよかったはずの家族に裏切られる苦しみが、血を吐くように苦しかった。

激しく痛む胸を押さえ、立っていられず思わずうずくまった時——

『あ、これ、前にも経験したことある』

突然、そう思った。

ここじゃないどこか、今の自分じゃない自分。この世界じゃない世界で――

――私は同じような体験をしたことがある。

その感覚をきっかけに、レティシアは前世というものを思い出したのだった。

今の自分と関係のない過去の自分の精神と交代することで、弱り切ったレティシアの心を守るかのように。

過去の自分を思い出していくにつれ、もうこんな穢らわしい婚約者と関係を続ける意思などは微塵もなくなっていった。

婚約者でありながら、他人より遠い人。

過去の自分からすれば初対面。知人ですらない。なんの思いも持たない相手。

王命で結ばれた婚約？　はぁ、知らんがな。と思う。

前世でも、自分は己の妹と婚約者に裏切られたのだ。

婚約者との関係は良好だった。なによりその相手を心の底から愛していた。

だから、裏切りは死にたいほどに辛かった。

それが理由で、過去の自分は自ら死を選んだのだろうか――？　そこら辺の記憶は曖昧だ。辛いことは思い出さなくていいということだろうか。

まあ、もう世界すら違う過去のことだからどうでもいいけれど。

記憶が戻る前のレティシアにとって、婚約者とは義務以上の関係ではなかったが、妹には家族としての愛情があった。

――妹も私のことを慕ってくれていたのでは、なかったのだろうか……

妃教育がはじまって忙しくなったために、妹と以前のように過ごすことはできなくなっていた。

だからといって、まったく交流がなくなったわけではなかったのに。

我が家では、晩餐(ばんさん)だけは家族そろってとると決まっている。だから、夜だけでも毎日顔を合わせていたはずだ。会話も弾んでいた。

それなのに、前世と現世のどちらも妹に裏切られるって、どんな因果か。

現実逃避したくなるが、そこから逃げてもまだあの好色王子との婚姻が待ち構えている。

冗談じゃない。

そもそもこの婚約が王家と侯爵家との縁を結ぶためなら、レティシアでなくてもいいはずだ。

あの時王子の婚約相手に選ばれたのは、妹より一歳だけでも年上だったからだろう。

今なら十四歳と十三歳――あまり変わらない気がする。

あんなに熱烈なキス交わした相手が婚約者になるのだから、王子に不満などないだろう。むしろ感謝されてもいいくらいだ。

王子は妹と婚約できて喜ぶとして。一番の揉めそうなのは王子以外の人間だろう。

特に王命まで出して婚約を結ばせた陛下と王妃……

レティシアはこの五年間かけて、血を吐く思いで妃教育をほぼ習得した。

婚姻後でなければ学ぶことのできないこともあるため完全に修了というわけではないが、ここまで学ぶのに五年というのは最短記録らしい。

そのレティシアを今さら王家が諦めるだろうか。

また王子の火遊びと一蹴(いっしゅう)される可能性もある。いや、その可能性のほうが高い。

ロザリンドがレティシア以上に優秀だったとしても、教育が終わるまでに三年か四年、ジェレマイア王子は二十六、七歳……世継ぎを作るには遅いはじまりである。

それにロザリンドを新たな婚約者として挿げ替えるのに障害になりそうなことがもう一つある。

レティシアの魔力だ。

現在王国に存在する魔力持ちの中で随一と呼ばれるほどに、レティシアは魔力の純度が高いらしい。魔力の質は両親どちらかの性質を引き継ぐことがほとんどらしいが、稀(まれ)にレティシアのような例外も存在する。

こうした例外的な力を持つ者は、『神の祝福』と呼ばれる。

レティシアがそんな魔力の持ち主ということは、王家に純度の高い魔力の子を提供できるということ。わざわざ国王が王命を出してまで婚約を結ばせた理由の一つはきっとそれだろう。

ロザリンドの魔力は並だ。王子がロザリンドを選んでも、国がレティシアを手放すまいとしたら……

王妃を自分に、側室を妹に……なんてとんでもない考えが浮かんだ。

意味のない考えだとレティシアは頭を振る。

同じ家から王妃と側室を出したりすれば権力が一点集中してしまう。他家からの反対は免れない。

そうなればやはり、どうにかして王子の婚約者という立場から逃げ出す方法が必要だ。

王子の暴走を野放しにし続けた王家など正直信用できない。なにせ王子だけでなく、王子の浮気相手の管理もできていないのだ。まだ幼い婚約者に王子との夜の関係を匂わせてくるなど気持ち悪いにもほどがある。

いくら政略結婚とはいえこちらにも心がある。彼らなりにレティシアを尊重しているつもりで、実際はレティシアの尊厳をないがしろにしている。

貴族の政略結婚なんてそんなものだ。家と家の繋がりであって、そこに個人の意思は必要ない。記憶が戻る前のレティシアだって理解していたから我慢した。王子とほかの令嬢の関係を知って不快に思っても、そういうものだと割り切っていた。

前世の記憶が戻った今も、その考えは変わっていない。

レティシアが無理だと感じたのは、王子の相手が妹だったからだ。

婚約者の妹だと理解していながら口づけをする王子も、姉の婚約者とわかっていながら口づけに応える妹も気持ち悪い。

両親には申し訳ないけれど——家を捨て、失踪するという選択肢が頭に浮かんだ。

この国ではないどこか。国境を越え、遥か遠くに見える隣国にでも移住してしまったりして。

『隣国へ移住』……そう考えた時、それはとても素晴らしい案だと思えた。

国を捨てて、自由に生きる。

両親には……隣国で生活基盤をしっかりと作れたら会いに戻ればいい。

両親だけは王子とのことで苦しむレティシアをちゃんと尊重して、大切にしてくれた。

王家に嫁ぐ有能な駒ではなく、娘としてとても愛してくれていることは、前世の記憶がよみがえった今もしっかりわかっている。

国外逃亡。それを叶えるにはどうするのが一番スムーズか……

国外へ逃げるとしても、先立つものがいる。逃げた先で生活をするにもお金は必要だ。逃亡資金は多ければ多いほどいい。

侯爵家だけあって、レティシアが所持する宝石や装飾品はすべて極上の一級品ばかりだ。王家から定期的に贈られるドレスや装飾品もとんでもなく高価である。だがそんなものを売ればすぐに足がつくだろう。

だからといって衝動的に国を出ても、移動しながら金策するような余裕もないだろう。

王子の婚約者がいなくなれば、まずは誘拐を疑われるだろうし、そうでなくても即刻大捜索がはじまるに決まっている。一つの町で金策なんてしていたらすぐに追いつかれてしまう。

侯爵家の図書室で調べまわり、よさそうな情報が見つからず冒険者にでもなるしかないのかなと考えていたある日。魔力はお金になることに気がついた。

商売にできるほど魔法に詳しいわけではないからそちらの線は考えていなかったけれど、自分にはとんでもなく純度の高い魔力があるじゃないか、と。

純度の高い魔力を持つ人間は、身分が平民であっても引く手数多(あまた)なこの世界。

幼いうちに魔力の純度の高さが判明すれば、貴族から養子に迎えられることも少なくない。

それほどまでに魔力が求められる理由――

それは、この世界で生活していく上で欠かせない魔水晶に関わっている。

魔水晶という特別な水晶に魔力を流すことによって、流す者がイメージする様々な魔道具に変化させることができるのだ。

魔力の純度が高ければ高いほど、イメージそのままのものができる。

魔水晶自体にそこまで稀少性はない。宝飾に使用される水晶より少々高価な程度らしい。大きさにもよるが、手のひらに乗るサイズであればおおむねそれくらいの価値である。

――魔水晶で魔道具作れば金策ができる、前世の記憶が戻った私の脳内はイメージの宝庫だ！

イメージさえできれば、魔水晶は物理的な法則などを一切無視して魔道具を作り出す。まさに魔法だ。一番必要なのはイメージで、この世界にないものでイメージできるものはたくさんある。

――純度の高い魔力に恵まれた私が前世の記憶を思い出して、ファンタジー小説でいう知識チート満載設定……素晴らしい！

イメージとして使えそうなものは小説や漫画やアニメ、ゲームや映画……果てしなくある。

ということは、この世界には存在しない殺傷能力に特化したとんでもない兵器も、イメージするだけでできるかもしれない。それに気づいた時、指先から頭の先まで凍えるような寒気が走った。

そんなものを作りたいと思う自分になりませんように……と、いるのかわからない神様に祈った。

そして魔道具を動作させるにも魔力が必要で、そこで必要になるのが魔法石だ。

魔力が少ない人や一時的に魔力が足りない時など、いろいろ困る時に使用するのだ。

魔法石のもとになるのも魔水晶で、魔道具と違って魔力を注入することだけをイメージして注ぐと魔法石になる。雑念なく魔力だけを注入するにはコツがいるらしいので、それ専門の人もいる。

魔法石は種類が豊富で、前世でいう電池のようにただ魔力の放出をするだけのものもあれば、魔法がそのまま込められたものもある。

その魔法が高位な魔法であればあるほど当然値段も跳ね上がる。

魔水晶を入手してイメージするだけでさまざまな魔道具が作成できるなんて、チートにもほどがある世界だと思うだろう。けれど魔力さえあれば誰にでもできるわけではない。純度の低い魔力を注ぐと、魔水晶側が拒否するのかバキッとヒビが入ってしまうのだ。どうにか形になったとしても、その魔道具は望んだ通りのものにはならないし、耐久性も低い。

そういう理由から、純度の高い魔力によって作られた魔道具や魔法石は高値で売買される。

魔水晶の値段は変わらないのに、作り手が違うだけで何十倍にも何百倍にも売値が変わるんだから、純度の高い魔力を持つ人間は引く手数多(あまた)なのだ。

だから、レティシアは逃亡資金を稼ぐために、魔道具を作ることにした。

魔水晶は、着なくなったドレスに縫いつけられていた小粒の宝石やレースと交換して入手した。

試みは大成功だった。

魔水晶に魔力を流しつつ、頭の中で詳細に作りたいものを想像するだけで、イメージ通りの魔道具があっさり完成する。

魔道具を作るのに、やはり前世の記憶は最強だった。

その記憶のおかげで、この世界にはなくて前世にはあった便利道具の数々が魔道具として誕生する。

イメージするものの輪郭(りんかく)が詳細であればあるほど、魔道具の完成度は上がった。

逃亡資金を稼ぐためとはいえ、これほど簡単に作れてしまうと楽しくて仕方ない。

様々な魔道具を作っては並べて毎日ニヤニヤする日々。

ここまでのものを自分が作成できるということを、両親を含めて誰にも話してはいない。

今までまったく興味を持っていなかった魔水晶関係のことにいきなり興味を持って不思議な魔道具をこそこそ作りはじめているなど、注目してくださいと言わんばかりだ。余計に動きづらくなるだけ。残念だがこの素晴らしい魔道具たちを両親や兄にお披露目(ひろめ)するのはずっと先になりそうだ。

こっそり作り、こっそり試す。

徹底して秘密にしていたから、絶対にバレてはいないはずだ。

けれど油断は禁物。用心しすぎるくらいがちょうどいい。無事にこの国を出られるまで、念入りに準備をしなければ。

レティシアは魔道具を作って売り、逃亡資金を貯めることにした。その際に売るのは、前世の知識を駆使(くし)したスーパー魔道具ではない。そんな代物を売りに出したらすぐ噂になってしまう。

とんでもないチートアイテムを売ってドンッと大金を手に入れることも考えたけれど、魔道具師として無名の人間がいきなり得体の知れない魔道具を売りに出したところで、それを信頼して高値で即購入してくれる相手なんていないだろう。身分も名も隠した状態で伝手などあるわけもない。

ということで、そこそこの売値で取引できるようなそこそこの品質の魔道具を作り、街で売ることにした。

それでも自分自身が直接売りに出るのは危険だと判断し、魔水晶を融通してもらっている商会に魔道具の販売もお願いしたのだ。

売値の三割は手数料として商会へ渡す。少し高めなのはレティシアに関する情報の守秘義務に対する対価だ。ちなみに情報を漏らしたくても漏らせないように血を使った魔術契約で縛ってある。

いずれ逃亡して新天地で商売する時のために、魔法石を使って変装し、自分で露店商売もはじめてみた。

そうやって少しずつ、レティシアは逃亡資金を貯めていった。


次に必要なのは、決定的な証拠を手に入れるための道具だ。

前世の記憶がある自分なら、その道具はいくらでも思いつくはずだとレティシアは考えた。

魔水晶を手のひらに乗せる。

ガラスのように硬質なそれは、触れるとひんやりしている。一見すると普通の水晶のようだが、違いはその色にある。目を凝らして見ると、表面がうっすら紫がかっているのだ。

魔水晶は、それ自体が表面に微量の魔力をまとっている。魔力を感知できる者なら色すら確認せず魔水晶と認識できるかもしれない。中はまったく魔力のない空洞なのだけど。

レティシアは魔水晶をギュッと握り込み、前世のとある便利道具をイメージした。

証拠は鮮明であればあるほどいい。

あの便利な道具のイメージを隅々まで。使用した時の感覚や動作をしっかりと。

やがて手の中で、なにかが弾けるような感覚がした。

握っていた魔水晶のサイズが大きく変わったため、自然と手のひらが開く。

手の上にちょこんと乗っているのは、前世で見たものよりも小型化された魔道具だった。

——これ、どこまで小型化できるのかな？　今度検証してみようっと。

深い深いため息を心の中で吐く。

現在、隠蔽(いんぺい)魔法で隠れているとはいえ、音まで隠せるほどの代物ではない。

納得できる魔法石を作り上げるほどの時間はなかった。王子との関係をバレてないと思っている妹ロザリンドが口を滑らせて逢瀬(おうせ)の日取りを知ったからだ。うっかりだったのかわざとだったのか、どうでもいいがありがたい。

逃亡準備はもう万全で、あとは証拠を入手するだけだったから。

ということで、完璧な隠蔽(いんぺい)用の魔法石を完成させる時間がなかったので、自分の姿を風景と同化させているだけである。相手側から視認できないだけだから、ため息一つ吐くわけにはいかない。

なぜこんなことをしているかといえば、これからレティシアが突然の失踪をすることに対する理由付けである。

ただいなくなっただけでは誘拐や事件性を疑われて大変な騒ぎになるだろう。レティシアは侯爵令嬢であり王子の婚約者であり、次期王太子妃の身なのだ。アンストート王国が国を挙げて動くようなことになってもおかしくない。

手紙で二人のことを暴露することも考えたが、本人たちが「誤解だ!」と主張すれば通ってしまう可能性もある。もしかしたら誘拐犯が書かせたデタラメだ、などと主張してくるかもしれない。

滑稽な話だけれど、混乱していれば信じてしまうこともあるだろう。

だから、王家の人間たちを納得させるに足る失踪理由が欲しいのだ。

これならショックで失踪してしまうのも仕方ない、という生々しい現場を撮影して、「こんなもの見てしまったらやりなおす気にもならないだろう」と思わせるほどのものが。

だからレティシアは作った。証拠となる映像をばっちり記録する道具――ハンディカメラを。

そしてこうやって気持ち悪さを我慢して撮影している、というわけだ。

なにが楽しくて実の妹と己の婚約者の濡れ場を覗きたいものか。

(そろそろ頃合いかなー……?)

さすがに最後までいたしているとこは撮影したくない。それぞれの親に見せるものなので、このくらいが限界だろう。

魔法石を手に持ち、レティシアは隠蔽魔法を解く。

背景と同化していたはずの姿がたちまち浮かび上がった。

じわじわというより、手品のようにパッと現れるのでさぞや驚くだろうと思いきや、まったく気づかずに互いを貪ることに夢中の二人。

（……これ呼びかけないといけないいかな。気まずいんですけど……）

互いの体を撫でさすり、唇を合わせている。

その合間合間に「好きだ……」「私も……」というお決まりの台詞が聞こえてくる。

――浮気で盛り上がる人間の言葉なんて、しょせんは行為を盛り上げるためのエッセンス程度だろう。正直、婚約者がいる状態でこういう行為ができるのが理解できない。婚約の破棄なり解消なりの筋を通して、しかるべき冷却期間を置いた後で改めて婚約を結んでから行為におよびなさいよね。面倒だからって諸々すっ飛ばして行為に耽るなんて、真実の愛で結ばれた二人のすることではないでしょう。この二人、婚約関係を結んだままの王子が別の相手とイチャイチャする危険性を理解してるのかな。コソコソ隠れて逢瀬を重ねてるんだから、よくないことだと理解はしてるはずなのに。けれど愛という名の欲が溢れてなのかしらね――

そんな愚痴がレティシアの脳内をぐるぐる回る。

彼らはどう始末をつけるつもりでいるのだろうか。

そうこうしている間にも行為は続き、このままいくと全裸になりそうで、レティシアはついにハアと重たいため息を吐きだした。

情などない婚約相手とはいえ、さすがに知っている男女の全裸を見るのは嫌だ。

もうとっくに隠蔽魔法は解いているのに、まるで気づかない二人に心底呆れながら、「んんっ……」と唸ってみた。

その瞬間まで激しく絡み合っていた目の前の二人が、ピシッと動きを止める。

錆びたブリキ人形のようにギギギギッとぎこちない動きで振り返ったのは、レティシアの婚約者である王子様。

もうこの証拠を入手した瞬間から「婚約者だった」になる王子様だ。

もう一人に視線を向けると、ただ愕然としていた。大きな瞳をさらに大きく見開き、キスで腫れた唇を「あ」の言葉に開けたままジッとレティシアを凝視している。

(なにその顔……今まで見たことないぞ妹よ)

そんなにビックリすること？　とレティシアは考えて、いやするか。と思いなおす。

さぁ今から二人の愛のフィナーレという時、部外者が寝室にいるのだ。しかも、今の今まで熱烈に愛し合ってた男の婚約者である実の姉が。

妹よ、さっさと話を済ませて帰るから安心してね——とレティシアが再び王子に目を移すと、彼はなんとか言葉を口にしようとしているようで、口をパクパク開いたり閉じたりしている。

「お、おまえ……レティシア！　こんなところでなにをしている！」

「ジェレマイア様こそ、な、に、を、されているのでしょう」

その言葉に、王子は自らが置かれた状況にようやく気づいたようだった。

「ち、違うんだ。これは。誤解だ、レティシア。勘違いをするな……いいな？」

――違う、誤解、勘違い……自分は半裸のままで女の上に上半身がのしかかってて？

（高貴な血筋の優秀な王子様でも、こういう時は浮気がバレた時の常套句みたいなセリフ吐くんだなぁ……）

思わず感慨深い気持ちになる。

王子という最上位の身分なのだから、婚約者に浮気がバレたとわかっても「気が散る、出ていけ！」なんて上から目線なことを言うかもと思っていたが、そんなことはなかったらしい。

「ご安心ください殿下、私は勘違いなど一切しておりませんよ。半裸の男女がベッドで睦み合っていた。と、正しく認識しております」

ご安心ください、と言ったあたりで王子は一瞬だけ安堵の表情を浮かべたが、キッパリと言い切られてまた固まる。

うやむやになどさせるものかという強い意志を感じたからだろう。

「いや、違う！　これはだな……！　これは……だから、これは……」

（王子が言葉に詰まるなんて珍しい。よほど混乱しているのね）

政務や外交など、人と対面する仕事は王子の得意分野で、王子が担当する交渉事はいつもかなりの確率で自分に有利な条件をとりつけていた。

たとえ不意を突かれて当初の計画を崩された時でも眉一つ動かさず立て直す手腕は、周囲から高い評価を受けている。

次期国王として充分な資質の持ち主であると、国内はもちろんのこと他国からも認識されているのだった。好色なことも人知れずバレていそうではあるが。

令嬢たちに大人気の見目麗しい容姿も、この取り乱す姿を見たらどうだろう。

レティシアは冷めた瞳で、見た目だけは完璧な王子を見つめた。

――さぁ、そろそろ終幕だ。

この証拠を手紙とともに私室に置いて、国外に逃げる。今後レティシアが王子と会うことは二度とないだろう。

「殿下、これ以上のお言葉は不要です。周囲への影響もございますから、私との婚約は破棄ではなく円満解消とした上で、そこにいる私の妹に婚約相手を変更ということにしておいてくださいませ。妹は同じリデル侯爵家の娘、政略的にも後ろ盾にもなんら不足はございません。せっかく整えた各派閥(はばつ)の力関係に混乱も生じることはないでしょう。諸々の手続きはすべて父と妹にお任せいたします。……五年間の婚約期間において、私は不満だらけの至らぬ婚約相手であったことでしょう。そのことだけは申し訳ありません。それでは、大変お世話になりました」

ここで美しいカーテシーをして退場すれば綺麗な終わり方だったが、その前に王子がしゃがれた声で問いかけた。

「おまえは……なにを言っている?」

まるで酒に酔ったように覚束ない足取りでフラフラとレティシアに近づいてくる。王子の顔色はもはや真っ白になっており、しかし瞳だけは縋(すが)るような強い視線をレティシアに向けていた。

王子が一歩近づくたびに、レティシアは一歩後ろへ下がる。

それは二人の心の距離のようであった。

「レティシア……」

縮まらないもどかしい距離に、王子は懇願するように名前を呼ぶ。

これまで婚約者を尊重したことなどなかったというのに、レティシアがずっと自分のそばにいてくれるとでも思っていたのだろうか。

「それでは、お邪魔してしまってすみません。どうぞお続けになってください。……失礼いたします」

最後の機会なのだから、今までの辛い気持ちや鬱憤をぶつけてやってもよかった。けれど、もう今さらだ。泣き喚いて罵っても、二人が不貞を働いた事実が消えることはない。

本音を吐露し互いの思いをぶつけ合えれば、なにか変わっただろうか。だがそれでどうにかなる時期は過ぎ去ってしまった。

自分も悪かったとは、レティシアは決して思わない。ただ、できることがもしかしたらほんの少しはあったのかもしれない。

辛かったし、たくさん泣いた。これが王族の妃になるということなのかと思ったりもした。

しかし王命で決まった婚約だと思い、結局は許してしまった。

だからいろいろなことを諦めた。

国のために民のために、私を育ててくれた両親のために、兄のために妹のために。

自分が王族に嫁ぐことみんなが幸せになるならと。

けれど妹と婚約者の裏切りによって前世の記憶が戻り、レティシアは取り戻す決意をしたのだ。

誰のためでもない、自分のための人生を。

今まで育ててくれた両親には、いつか必ず恩返しをする。

わがままを通した償いはするつもりだ。

レティシアは魔法石をグッと握り締め、転移魔法を発動させた。

金色の魔法陣が足元に浮かび上がる。レティシアの体を金色の魔力が包み、わずかな煌めきを残して消え去った。

転移先はレティシアの自室だった。転移魔法はもう何度も使用しているが、一瞬で視界がガラリと変わることにはまだ慣れない。
「あぁ～、あの濃厚な甘ったるい匂いの後に嗅ぎ慣れた匂いを嗅ぐと心底ホッとするぅ～もう二度と嗅ぎたくない匂いだわ……」
室内の空気を肺いっぱいに吸い込み深呼吸する。まだ鼻に残るあの部屋の匂いを上書きするように、何度も念入りに。
「それにしても王子のあの顔……ブフッ、クフフッ」

いつもお綺麗な顔が、すごい間抜け面だった。

あの表情が見られただけでも自分の姿を晒してまで王子と対面した甲斐がある。

こっそり撮影するだけでも別によかった。誰が撮った映像なのかは曖昧にして「どなたかから送られてきた」と手紙と一緒に残すだけでも逃亡計画はうまくいっただろう。

けれど五年の婚約期間、婚約者としての尊厳をずっと軽んじられてきたのだ。最後になにか嫌味の一つでも言ってやりたかった。

妹に婚約者の座を譲ることをちっとも惜しんでいないところを、王子に突きつけたかった。

自分にとって王子の婚約者という地位も王子自身もどうでもいい存在なのだと示したかった。

それなのに、開き直るかと思っていた王子があんなに必死で否定してくるとは思わなかった。

去り際、王子の瞳には絶望が宿っていた気がする。

(そんなに私の魔力が惜しいのかしら)

純度の高い魔力持ちはかなり希少だ。レティシアを逃がさないようにしろと、王子は常日頃言われていたらしい。

だというのに結局、一番手を出してはいけない相手に手を出してしまった。

もう、レティシアには関係のない話だが。

両親や兄のことは心配だが、妹は家族の絆と引き換えに欲しい者を手に入れた。その後どうなるかは彼女次第だ。

すべての準備は整った。

愛用の書き物机に『記録水晶』と名づけた魔道具を置く。魔水晶から作り出した再生用魔道具だ。

そして先ほどの証拠を記録した魔道具の背面から、三センチほどの薄い正方形の部品を抜いた。

それを記録水晶に押し当てると、トプンと部品が呑み込まれた。

この記録水晶は、見た目は丸い球体の水晶玉だが、手に持って「再生」と口にすると半円型に光が照射され、映像を投影することができる。前世で言うところのプロジェクターだ。

もっと小型化したかったが、今のレティシアの力量ではまともに機能するものを作るので限界だった。

記録用の魔道具のほうももっと小型化できれば、諜報活動をする者にとって喉から手が出るほどに欲しい代物になるだろう。権謀術数が渦巻くこの貴族社会、誰にも気づかれずに相手の弱みを握れば、どれだけ優位をとれることか。

どの道具にも言えることだが、使用する人間次第で善にも悪にもなるのだ。

魔道具の準備を終えたレティシアは、この後の計画を確認する。

明日の早朝、いつものように起きてすぐ侍女を呼ばないレティシアを不審に思った使用人の誰かがこの部屋を訪れる。部屋に入るとベッドはもぬけの殻。慌てて周囲を見回すもレティシアはもちろんいない。その時、書き物机にある魔道具と手紙を見つけるのだ。

記録水晶の使い方は、手紙に書いておいた。そして家族にはあの王子たちの痴態を見てもらうことになる。

手紙には、婚約者と自らの妹が不潔な関係であることを知り、耐えがたいショックを受けたことで婚約の辞退を考えるも、王命による婚約であるために辞退の難しさに気づき絶望したこと。しかし不貞の相手が両親を同じくする妹であり、王子と恋仲であるならば不要なのは自分に違いない、ならば婚約者を自分から妹へ入れ替えることで円くおさまるはず。不貞とはいえ、婚約者の存在があっても断ち切ることができぬ想いを重ねる二人をどうか添い遂げさせてくださいますよう、レティシアの一生のお願いです——と、そんなことをつらつらと書き連ねた。

あくまでこの婚約は侯爵家と縁を結ぶことだけを目的しているのだと認識している風を装って。

レティシアがいなくなって婚約者が妹に挿げ替われば、王子の年齢から考えても急ピッチで妃教育がはじまるだろう。着飾ってお茶会や観劇などに行くような余裕など少しもない妹を横目に、王子が今までのように奔放な女遊びを続けることは火を見るよりも明らかだ。

五年間も女関係にだらしなかった王子が、そんな状況で満足するはずがないのだから。

対外的には、レティシアは快癒の難しい大病を患った、ということにでもしておいてもらえるように、父への伝言も書いておいた。

(ほとぼりが冷めた頃に病から回復したことにして、またお父様やお母様の娘として、侯爵令嬢として受け入れてくれるかしら)

きっと年齢的にも評判的にもまともな結婚は難しくなっているだろうから、領地のどこかでひっそりと暮らすことを許してもらいたい。もちろん、その頃には魔道具師として腕を上げている予定だから、きっと両親や侯爵家の領民たちにお詫びも恩返しもするつもりだった。

侯爵令嬢としての地位や特権を失うことには未練はない。

そう思えるのは前世の記憶が戻ったからなのか、規則や慣習でがんじがらめの貴族よりも、自由度の高い平民という身分に魅力を感じてしまう。

多分それは前世の記憶だけではなく、魔道具制作の能力で安定した稼ぎができるとわかっていることも大きいのだろう。

お金は大切だ。それに、魔道具があればたとえ賊(ぞく)に襲われても太刀打ちできる。

魔水晶さえあればどんなこともできるという大きなアドバンテージは、レティシアに自信と余裕をもたらした。どんなものを作ってどんな風に生活しようかと、これから進む先にワクワクした。

——と、いうわけで。

これから国外へ出て、便利魔道具で商売をして、安定した稼ぎを得て生活の基盤が整ったら……大変な迷惑をかけることになるだろう両親と兄に、改めて土下座をしに戻ってこようと思う。

妹のあられもない姿を強制的に見せたことも謝ろう。

手紙は三通書いた。

一通は失踪(しっそう)するに至った理由と、五年間の婚約期間に受けた仕打ちへの思い。そして記録水晶の使用方法と内容。

二通目は、今まで本当に大切に育て慈しんでくれた両親への感謝の手紙。書きながら少し泣いてしまった。

三通目は、現在、他国へ留学している優しい兄への手紙が一通。兄は非常に優秀で、自国の学園を飛び級してあっさり卒業してしまったため、他国でさらなる学びに励(はげ)んでいる。

手紙はこの三通のみ――妹へは、書かなかった。

レティシアは魔法石を握り、インベントリを展開した。異世界ものでおなじみの、亜空間になんでも収納できる便利魔法だ。魔法石の使い方をさぐっている時に、当然これも再現できないか試しておいた。

目の前に、ブラックホールのような黒く丸い穴が開く。そこには、すでに様々なものを無造作にポイポイと入れてあった。食料や生活必需品は当然のこと、野営道具なども用意してある。

もう、いつでも出ていける。

侯爵令嬢として所持していた装飾品のほとんどは、ここには入っていない。

けれど十五歳の誕生日を前に贈られたネックレスは、持っていくことにした。

王宮で来月開催される夜会で、レティシアはデビュタントを迎える予定だった。その前に国を出ていくのがわかっていたため、「デビュタントにつけていきたいの」と嘘をついてまで両親に早めのプレゼントをお願いしたのだ。

最近流行りの大きな宝石をいくつも使った派手なものではなく、小ぶりな宝石をティアドロップ型に加工しただけの、シンプルなものだ。けれど使われているのはとても稀少な宝石で、加工時に出た宝石の欠片を使って、そろいのピアスも一緒に作ってくれた。ネックレスのチェーンには小さな花を模した精工な細工がされており、細部までとてもこだわっているのがわかる品である。

両親のレティシアに対する愛を感じるこのネックレスとピアスだけは持っていきたかった。

最後に自室をぐるりと見渡す。

感傷的な気持ちが込み上げて、泣きそうになる。

もう少し、あと少し……最後に、両親の顔を少し見てから……

気持ちが大きく揺らぐ。けれど行動に移したくなる前に、レティシアは魔法石を握り締めた。

――大丈夫。一生会えないわけじゃない。

金色の魔法陣が現れ、レティシアの姿は消えていった。

◇◆◇

魔水晶とイメージ力さえあればなんでもできるほどのチートな魔力を長年所持していながら、レティシアはそれを前世の記憶がよみがえるまで使用しようとも思っていなかった。

隣国への逃避行が転移魔法でサクッとできたとしたら、レティシアはもっと早くに行動していたかもしれない。けれど、そんな簡単にはできない理由があった。

どんな魔法にも、ある程度の制約がある。

そもそも新たに魔法を生み出す際は、本来なら非常に煩雑(はんざつ)な作業が必要だ。聖魔紙(せいまし)と呼ばれる特殊な紙に緻密(ちみつ)な魔法陣を描き、魔法の内容や発動条件を正確に記した上で、それが理に叶っていなければ発動しない。

その作業をショートカットして想像だけで新たに魔法を生み出すことができるレティシアはとんでもない能力の持ち主なのだろう。

けれどそんなレティシアが新たに生み出した魔法にも、もともとこの世界にある魔法にも、しっかりした制約があるのだった。生み出した本人が設けたわけでもないのに、どの魔法にも制約が存在する。それはもうこの世界の神の采配なのかもしれない。

ということで転移魔法にも制約がある。その制約とは、『行ったことのない場所へは転移できない』というもの。

レティシアとしては、それは制約というより転移先のイメージが鮮明に描けないからなのでは、という気がしているのだが、検証していないのでわからない。もしかすると魔道具で撮影した場所の映像を見るだけで転移することもできるかもしれないが、今のところ撮影ができる魔道具などレティシアしか持っていないので、実際に試すことは難しい。

転移先の地を本人が踏むことが転移魔法の条件だったとしたら、やはり無理だろう。

というわけでいきなり隣国へ……とはいかないため、レティシアはまず、王都から馬車で半日ほどの街近くにある森へ転移した。

ここは、幼い頃に家族で旅行に来た場所であった。

初めて転移魔法を試そうとした時、ふと思い出したのがこの森だった。記憶をもとに転移を試み、無事に成功することができた。以来、転移魔法を大いに活用するようになったのである。

魔道具の取引をするのにも王都では目立つかもしれないと思い、この森近くの街を主に利用している。

森に到着したレティシアは、右手に隠蔽（いんぺい）魔法、左手にはインベントリの魔法を込めた魔法石を握った。両手に魔法石状態である。

隠蔽魔法で見た目をヨボヨボの老婆に変化させ、インベントリから取り出した真っ黒なローブに着替える。

変装はもう何度もしているが、この姿になるのはいまだに違和感が拭えない。まるで御伽噺に出てくる意地悪な魔女のような姿だ。

レティシアは正体を隠すためと、若い女では取引相手に舐められるだろうと考えたため、外ではこの邪悪な魔女の姿で活動をしている。この姿は凄腕の魔道具師として違和感がないらしく、ちょっと変わった魔道具を売る時も、商会の人間は「この方ならそういうものも作れるのだろう」と思ってくれるらしく、詮索されることなくスムーズに取引ができていた。

（これまで疑われたことはないけど、私が知らないだけで隠蔽魔法を看破する魔法もあったりするのかしら？　念には念を入れたほうがいいわよね）

顔が見えないように、レティシアはフードを深くかぶった。

隣国、ステーフマンス王国へ行くのは国境近くの街まで馬車を乗り継いでいく計画だ。人目に触れることは避けられないが、なるべく顔を見られることのないようにしたほうがいいだろう。

迷いのない足取りで、レティシアは街の方角へ足を進めた。

歩きはじめて五分もしないうちに、前方からものすごい勢いで誰かが駆けてくるのが見えた。

「ばあばぁぁーーーー!!」

叫びながら全速力で走ってきた彼は、勢いに任せてレティシアに飛びついた。

レティシアは倒れないよう足に力を入れて、飛び込んできた小柄な体をしっかりと受け止める。

「レナトかい……」

この世界では珍しいらしい黒髪を優しい手つきで撫でながら、子供の名を呟いた。

彼はレティシアが屋敷を抜け出し魔道具の取引をしはじめた頃、なりゆきで助けた少年だった。

それ以来レティシアを『ばぁば』と呼んで慕ってくれている。

(ばぁばと呼べと言ったのは私だし、今の姿は間違いなくお婆ちゃんだけどさぁ……女性としてなんだか複雑な気持ちになるのよね……)

そんな胸中も知らず、もう二度と離さないとばかりに強い力でレティシアにしがみつく幼い子供。

(小さくて細い指だけど、食い込むくらい強く握られると地味に痛いぞ……)

レティシアの胸にぐりぐりと頭を擦りつけ「ばぁば、ばぁば、ばぁば……」とグスグス鼻を鳴らしている。

「どうしたんだい？」

レティシアは優しく声をかけ、その小さな背を宥めるようにそっと撫でた。

「ぼ、ぼくも……っ、連れてって!! ぼく、ばぁばと一緒にいたい!! ずっとずっと一緒にいたい!! 一人にしないで……っ」

小さな肩を激しく震わせながら、つっかえつっかえに話すレナト。

その姿に、胸が痛くなる。

（――連れてって、と言われてもねぇ……）

いつ帰ってこられるかわからない隣国逃亡なのである。

年単位の話になってもおかしくないのだ。帰るつもりはあるが、状況次第ではそれが叶わない可能性もある。王家を相手にした逃走劇だ。もしもレティシアの行動が悪質と見なされて国外追放にでもされれば、二度と戻ることはできない。

その覚悟を決めて準備をしている頃に出会ったのがレナトだった。一度手を差し伸べてしまったとはいえ、いずれこの国を出る身。

いつまでも世話をすることはできないと、独りぼっちの彼を引き取ってくれる孤児院を探し、連れていった。

隣国へ連れていくつもりはなかったのだ。

それなのに、離すもんかとしがみつかれ、レティシアは情けない表情でレナトを見下ろした。

この世の終わりだとでも言うような悲しみに満ちた啜り泣きが、静かな森に響いている。

（この子が巣立っていくまで、しっかり面倒を見るべきなのかな……）

幸いレティシアには魔道具での稼ぎがある。子供一人面倒を見るのに金銭面での問題はない。

（でも……王家が失踪した私を捜し出そうとする可能性は、まだ否定できない。大丈夫だと確信できるまでは、一つの場所にずっといることはできないし……）

行くあてもなく、いつまで続くかもわからない放浪生活。

（一人だけでずっと旅をしていくつもりだった。でも……）

迷いは一瞬だった。

(この子を一緒に連れていく。うん、そうしよう)

この国では、黒髪は忌み子とされている。

だが隣国では数こそ多くないが、この国のように忌み子という認識はないという。連れていったとしても、迫害を受けることはないだろう。

国が違えば環境も文化も違うものだ。

この国で黒髪が忌み子と呼ばれ嫌われる理由は、あまりにもくだらない。

過去に黒髪の子が膨大な魔力を暴走させ、人々を恐怖に陥れた。大きな村がいくつか滅び、何人もの死者が出たとか疫病(えきびょう)が蔓延(まんえん)して人間の住めない魔の地が生まれたとか。

真偽のほどはわからないが、そんなあやふやな伝説のせいで、ただ髪が黒いというだけの人間が迫害されているのだ。

忌み子は人間ではない。魔に魅入(みい)られた得体の知れない生き物。

そうやってずっと黒髪は禁忌の存在として扱われている。

(この国から出ていくのは、この子にとってもいいことなのかもしれないわ。忌み子として扱われるような国に置いていくより、隣国で健やかに暮らして、やがて一人で立派に生きていけるように、私がその日までそばにいよう)

「連れてってあげるかねぇ。ここまで来てしまったものは仕方がない」

レナトが涙でぐちゃぐちゃの顔でレティシアを見上げる。

「いいの……？」

そのまま消えてしまいそうな、小さな声だった。

「駄目だと言っても、ついてくる気だったんじゃないのかい？」

「うん。絶対離れない離れたくないいって思って……」

「なら連れてくしかないね。行先はステーフマンス王国だよ。ここからうんと離れた場所だ。それでもいいかい？」

「ばぁばとならどこだっていいよ！」

「じゃあ決まりだ」

「っ!!　やったーーーー!!」

溢れる喜びを爆発させて、小さな男の子がレティシアの周囲をぴょんぴょん跳ね回る。

その無邪気な様子に、レティシアは思わず笑顔になった。

(すごく可愛いのだけれど、十五で子持ちか……いや孫持ち？)

と、内心では乙女心としては複雑な気持ちなのだった。

レナトと出会ったのは、本当に偶然だった。
その日もレティシアは老婆の姿で商会の取引相手と会っていた。なかなかの売上金額を受け取り、

気分は上々。

早々に取引が終わったので、時間に余裕があった。だから、いつもなら思いつかなかった行動に出ることにした。露店商でもしてみようかと。

いつもは商会にしか卸していない魔道具を誰でも目にすることができる場で売り出したらどうなるんだろうと、好奇心が湧いたのだ。

幸いにして商会とは専売の契約を結んでるわけではないので、誰に文句を言われる筋合いもない。

ほかにもちらほらと露店商がいる場所の一角に座り、敷物の上に魔道具をいくつか並べる。

この場所は特に届け出などなくとも商売ができる区画で、違法なものでさえなければ誰がなにを売り出すのも自由だ。

その代わり、この区画以外で許可を得ず商売をするのは禁止されている。

レティシアが商会に卸している魔道具は、平民でも手に入れやすい価格設定にしてもらっているため、売り出すそばから即完売だったりするらしい。

おまけにレティシアの魔道具は少ない魔力で起動させることができる。平民は貴族に比べて魔力量の多い人が少ないので、魔力をあまり必要としない魔道具は非常に需要が高く、レティシアが卸した商品はいまや平民たちに大人気なのだという。

「これ、あの品薄で手に入りづらい有名な魔道具じゃない⁉」

並んだ魔道具を見た女性が、大きな声を上げる。

その途端、すごい勢いで人が集まってきた。

「もうないの⁉　いつまたお店を出すの⁉」

「またいいものができたら売りに来るからねえ」

あっという間に完売してしまった店先で買い逃した人たちに詰め寄られつつ、レティシアはのらりくらりとお婆ちゃん口調で返しながら商売を終えた。

商会から支払われた売り上げと露店商で得た分は、かなりの金額になった。

目標額にはまだ遠いが、想定していたよりもだいぶ余裕があるので今日はほかの店を物色するのもいいなと思いながら、レティシアはぶらぶらと歩く。

ひとまずこの区画は出て商店街のほうへ移動しようと歩き出して、しばらく経った時だった。

老婆にしては軽い足取りで大通りを闊歩する。その大通りを一本外れた細い路地の前で、レティシアは足を止めた。

路地の先には朽ちかけた建物が見え、いかにも立ち入ってはいけない雰囲気だった。

そこから、呻き声のような声が聞こえた気がしたのだ。

（治安の悪そうな裏路地で呻き声……、トラブルの予感しかないわ）

昼すぎだというのに真っ暗な路地は、入っていくのに大変な勇気が必要である。そんな場所から聴こえた呻き声——

（人を呼ぶ？　でも、こんな見るからに危なそうな雰囲気で助けてくれるだろうか……）

貴族の世界はいわゆるノブレス・オブリージュの精神で見返りなく人を助けることが美徳とされているけれど、この街に住むのはほとんどが平民だ。その暮らしは誰かに情けをかけられるほど余裕があるとは言えない。

人は余裕があるから誰かを思いやれるのだ。一人ひとりは善良でも、自分の生活を支えるだけで精一杯ではほかに目を向ける余裕などない。

今、レティシアはこの国を出ようと決意してその準備をしている最中。

面倒事に首を突っ込んでいる場合ではないはずだ。

必ず隣国に逃げて、自分の人生を取り戻す。

だから、今苦しんでいるどこかの誰かには悪いが、レティシアに人助けをする余裕はない。

そう非情な決断を下し、その場を立ち去る。

そう。立ち去ったはずだった。

けれど、気づけばレティシアの足は裏路地へ向かっていた。

(――見るだけよ。こっそり見るだけ!!)

ただ様子を見るだけ。もしも命に関わるような大怪我をしていて、そのまま助からなかったとしたら……と思うと、気づいてしまった以上、寝覚めが悪い。

結局のところ、レティシアは骨の髄(ずい)までお人好しなのである。

特に前世の記憶が戻ってからはその傾向が加速していた。そんなお節介気質のせいで前世でもトラブルに巻き込まれたことが多々あったというのに、まったく懲(こ)りていない。

(やらぬ後悔よりもやる後悔、なんて言うものだし……これはあくまで、自分の心を守るための行動。自衛みたいなものなのよ)

断続的に聞こえる呻き声を目印に、ずんずんと歩を進める。

陽の光の届かぬ薄暗い路地の突き当たりに、呻き声の主はいた。

行き止まりになった壁を背に、汚く黒ずんだ地面にぐったりと力なく伏せていた。

うずくまる体はとても小さい。

痩せ細った手足に小さな頭——年端も行かぬ子供だった。

見たところ六歳くらいか。前世の世界なら幼稚園か小学校に入学したてくらいの幼さだ。

「だ、だいじょうぶ……⁉」

レティシアは慌てて子供のそばへ駆け寄った。

ただ見るだけ、確認するだけという考えは相手が子供だと認識した途端に頭から消えていた。

駆け寄ってすぐに気づいた。子供の全身が血だらけだと。

(この黒ずんだ地面の汚れは、この子の血の……？　なんてこと……‼)

レティシアの思考は真っ白になった。

呼吸がハッハッと浅くなり、その音で自分がパニックに陥っていると気づいた。

(今、こんな時に動揺している場合じゃないのに‼)

この瞬間にも、目の前で命が消えようとしているのだ‼

(私は落ち着いてるし、冷静に対処できる。私はできる子、できる子！)

念仏のように自分に言い聞かせ、まずはインベントリからライトの魔法石を取り出して、子供の状態がよく見えるように照らす。光の魔法で周囲を明るく照らすことのできる魔法が込められた魔法石だ。

ライトの角度を変えながら、うずくまった姿を確認していく。

(うう……背中だけでもすごい状態……)

冷静になれ冷静になれと思いながら、次に空っぽの魔法石を取り出した。

混乱して乱れがちになる魔力を、深呼吸して整える。

手に持った石に、頭の中で描いたイメージを損なわないよう慎重に魔力を流していく。

イメージするのは治癒魔法。それも、体の怪我も不調もなにもかも全回復できるような強力なものを強く想像する。

手に握り締めた魔法石が次第に熱を持ち、淡い光を放った。これで治癒魔法を込めた魔法石のできあがりだ。

魔法石を握り締めたまま、小さな背にそっと触れる。

すると真っ白な光がレティシアの手から指先から溢れて、子供の体の中へ入っていく。

やがて子供の体全体を白い光が包み込み、みるみるうちに傷が塞がっていった。

(——治癒魔法。使うのは二度目だけど、何度見てもすごい……)

目の前の生々しい傷口が、映像を巻き戻すかのように綺麗に塞がっていく。

それは、神の御業にすら感じる。

魔法を使った治療行為を、平民が目にすることはほぼない。その恩恵を得られるのは、王族や貴族たちのような、豊かな財力や権力を持つ特権階級に限られていた。

レティシアが魔法で人を癒やしたのも、その魔法の効果を目の当たりにしたのもこれまでにただ一度だけだった。

「娘の命を助けてくれ」と商会の取引相手に必死に頼み込まれ、悩んだ末に請け負った。治癒魔法を込めた魔法石を作り、効果を見届けるために老婆の姿で治療に同席した。

神の御業をそこで見た。

娘に使用された治癒魔法の効果は、まさしく規格外だった。

馬車の事故に巻き込まれ、足を失い命の灯火すらも消えかけたその娘は、レティシアの治癒魔法が込められた魔法石によって、文字通り五体満足の体にまで全快したのだ。

この世界で治療に使われるのは、『回復魔法』と呼ばれる魔法だ。回復魔法を魔法石に込められる人間は少なく、魔法石の個数がとても少ない。貴族でさえもおいそれとは使えず大切に保管しているため、出回ること自体がほとんどないのだ。

そんな回復魔法ですら、すべての傷が完璧に治るとは限らない。傷の程度によっては傷跡が残ることもあるし、完全に切断されていれば、繋げることも新たに生やすこともできないのだ。それが回復魔法という魔法の制約だった。

これまで回復魔法を目にしたことのなかったレティシア自身は自分の魔法の異常性に気づいていなかったが、取引相手の家族はすぐにそのことに気づき、レティシアとの縁を守るために厳重に口を閉ざした。

レティシアの『治癒魔法』はこの世界で使用される『回復魔法』とはまったく異なる新しい魔法、

まさしく別次元のものなのだ。

「う、うぅ……っ」

目の前の幼子の苦しそうな声が耳に届き、意識をそちらに集中する。

服はボロボロで、背中が剥き出しになっている。小さな擦り傷や大きな切り傷、火傷を負ったのか、引き攣れて溶けたように変色した皮膚。蛇が這ったような太く腫れた痕……そんな痛々しい傷のすべてが、綺麗になくなっていく。

レティシアの魔法により、悲惨な状態だった子供の体はすべて滑らかな肌になっていた。


治癒魔法によって痛みから解放されたためか、断続的に漏れていた子供の呻き声が止まった。

意識ないのは心配だが、安心して眠ったのだろう。

(困ったな……)

傷が癒えたとしても、こんな物騒な場所に意識のない子供を放置して立ち去ることもできず、レティシアは途方に暮れた。

仕方がなく、すやすやと眠る幼子の全身を見下ろすと、レティシアは恐ろしい事実に気がついた。

(……っ！　誰がこんなひどいことを⁉)

細い首に、赤い色の首輪が巻きついていた。

愕然としながらも、うずくまる小さな体をそっと仰向けにさせる。

子供の両手首には手枷、両足首に足枷が装着されていた。枷には千切れた鎖が垂れ下がっている。

恐怖と怒りが込み上げた。

捨てられたのか、どうにか逃げ出したのかわからないが、どこかで身動きもとれないように拘束され、監禁されていたのだろう。

(この幼い子が、どうしてこんな酷い目に……)

周囲を見回して、子供の身元がわかるものがあるか探したが、あるわけもなかった。

身元不明のこの子を屋敷に連れて帰るわけにはいかない。そもそもこうして屋敷を抜け出して街で魔道具の取引をしていること自体、誰にも秘密なのだ。今、目立つのはなにより避けたいこと。

(これは本気で困ったなぁ……)

幼い子供に首輪や枷をつけて監禁するような異常者から逃げ出してここにいるのだとしたら、こんな物騒なところには絶対置いていけない。

(目覚めたら、お金を渡して立ち去る……っていうだけじゃ、やっぱり無責任だよね。それなら孤児院とかに連れていくとか……?)

監禁した犯人がこの子を探し回って見つけ出さないとも限らない。

孤児院に預けたとして、この子を絶対に相手に差し出さないとも言い切れない。

(こんなひどいことをしたのが、実の親っていう可能性もあるわよね……)

孤児院は親を亡くした子供が保護される場所だ。親がいるとわかれば、どんなに問題を抱えていたとしても孤児院は子供を親に返してしまう。

「乗りかかった船だけど、八方塞がりだわ……」

レティシアは暗澹たる気分で独りごちた。

いつ目覚めるのかもわからないが、ずっとこの場に留まり続けるわけにもいかない。

とりあえず、もともといろいろ買い出しに行く予定だったのだから、ついでにこの子の保護に必要な道具を買おうと決めた。ほかに頼れる人がいない以上、一時でも安全に過ごせる場所を作ってあげたい。

けれど意識のない子供を置いて離れるには、この場所は物騒すぎる。なにか使える魔法がないかとレティシアは考える。

（身を守るなら……やっぱり結界魔法かしら）

空の魔法石を手に持ち、どんな危険からでも守ってくれそうな結界魔法をイメージする。

（強い結界にするなら、どんなものがいいだろう。安定した形……三角形がいいかな？　そうしたら、強力なレーザーが三角のピラミッド型に照射してる感じで……）

魔法石は、魔力を流すことで発動する。基本的には発動させる時に流した魔力の純度や量で効果の持続時間が決まるし、ものによっては一度きりしか発動できないものもある。

結界魔法にもいくつか種類があるが、一定のダメージを受けると壊されてしまうものがほとんどだ。結界魔法で守るにしても、あまり長い間離れるのは不安だ。

攻撃されるたびに修復されるような結界は作れないだろうか。

それならばかなりの時間を守護してくれる結界魔法になりそうだ。

（常時修復される結界ということは、常に魔力を流し込む必要があるわよね……。その場に私がい

なくても魔力の補充ができるような、魔道具を作れないかしら)

ローブの内ポケットの一つから魔水晶を取り出す。

(魔力を貯めておけるものといえば……)

前世で使われていたエネルギーは電力。こちらではその代わりに魔力が使われている。

けれど、役割としては同じだ。力を貯めておける道具……

レティシアの手の中で魔水晶が熱くなり、形が変化していく。

「できた！」

そっと手を開き、できあがった魔道具を見た。

できあがったのは、小さく細長い六角形の石のようなもの。金色で、ラメが混じっているように
キラキラ輝いている。

これは、前世で言うところの電池だ。

(んー……、電力と魔力の違いなのかイメージした電池とは少し見た目が違うけど、まぁいいよ
ね！　この魔道具は魔電池と名づけよう)

レティシアは問題なく使用ができすれば細かい部分は気にならないタイプである。

(とりあえず試してみよう)

ピラミッドのような形をイメージしながら、魔法石に魔力を流し結界魔法を発動させる。

すやすやと眠る幼子の体を起点に、薄い金色に光る半透明の三角錐ができあがった。

(うんうん、見た目も色もイイ感じ)

魔法石の横にレティシアの魔力をたっぷり注入した魔電池を置くと、なぜかカチッと音が鳴った。

見ると、まるで合体したようにピタッと魔法石にくっついている。

（えっ、こんな風にくっつくんだ。そこまで考えて作ったわけじゃなかったけど……あー、深く考えるのはやめとこう。あまり時間ないし）

くっついた魔電池から魔法石へ、魔力の流れを感じる。

おそらく魔電池が正常に作動しているのだ。

結界に異常が出たら魔力が流れ、修復されるはず。

今回作った結界は、魔法と物理的な攻撃を弾き、悪意のある人間が中に入れない、というもの。

問題なく作動しているかを確認するために、地面に置いたままにしていたライトの魔法石を拾い、結界に向かって光を照射する。

結界を見ると、結界を境に光が途切れているようだ。

（うん、魔法はきちんと通らないようになっているみたい。物理的なもののほうはどうだろう？）

地面に転がる小石を適当に掴み、ポイッと軽く投げてみる。

するとカキンと音を立てて弾かれた。

（おおー、ちゃんと弾いた。あとは悪意を持った人間が結界内に入れるかの検証は……できないか。私に悪意はないしね）

適当なアイディアで作ったものではあるけれど、なかなか上出来だろう。

（さてと、急いで買い物を済ませてこよう！）

ロスした時間を取り戻すように、レティシアは足早にその場所を去っていった。

頑丈で大きなテントや寝袋、子供が食べやすそうな柔らかい食料品。使うかはまだわからないけど調理器具各種。

子供を預けられる場所を探すにしても、それまで一時的に野営できる設備が必要だ。

レティシア自身も逃亡生活用に必要だと思ったので、それぞれ二セットずつ購入した。

必要なものをあれこれ購入して戻ると、子供はまだレティシアが去った時の体勢のまま眠っていた。

穏やかな寝顔を見てホッとする。

ひとまず結界を維持していた魔法石と魔電池を回収する。

（首輪も枷も外してあげたいな……）

人としての尊厳を奪うような拘束具。外すにはどうしたらいいか、レティシアは考え込む。

（物は試しよ！　首輪や枷を断ち切る魔道具を作ってみよう！）

魔水晶を手に取り、頭の中で鋭利なナイフをイメージしながら魔力を流していく。

女性の手でも使えそうな小ぶりなもので、どんな物質でもサックリ斬れるような、最上級の硬度がいい。

（イメージしやすいのはサバイバルナイフだけど、慣れないと扱いづらそうだな……）

なんとなく効果を想像するだけで実現できる魔法と違い、魔道具は細部の形までイメージできないと望んだ性能は得られない。

本来は魔法を作り出すのも聖魔紙を使って綿密に構成しなければならないのだが、レティシアはそのことを知らない。魔道具も魔法も、ほいほい新しいものは作れないのだ。

できあがった魔道具型のナイフは、若干扱いに困るものだった。

ナイフを作ろうとしたレティシアの頭の中がサバイバルナイフのイメージで占められていたせいか、サバイバルナイフそのもののゴッツイ形をしていたからだ。

刃の部分が青みがかった銀色で、見るからに斬れ味がよさそうだ。だが重みがあり、自在に扱うのは力がいるだろう。

非力な貴族令嬢のレティシアが扱って、子供の体に傷をつけずに済む自信はない。

（ナイフはチョイスミスだったかも……）

肩を落とすレティシア。とりあえず作った以上は試してみるかと、ナイフを手に取り軽く振ってみようとしたが……あまりの重さに二回ほど振っただけで腕がだらりと下がった。

刃物の使用は、扱い慣れた人でないと難しい。

レティシアはナイフの使用を素直に諦めた。

（――道具が無理なら、魔法しかないか……水魔法でウォーターカッターみたいにスパッといくとか？　ううんダメだ、切れても首輪と枷だけで済みそうにない……）

つい悪い想像が浮かんでぶるぶると首を振る。

首輪も枷も人の体につけられている以上、特に慎重にならないと。

切断にこだわる必要もないかもしれない。違う視点で考えてみよう。

おそらく、枷（かせ）も首輪も鉄製だ。鉄なら、錆（さ）びさせてしまうのはどうだろう。

錆（さ）びて腐食した鉄は脆（もろ）く、手で簡単に崩せるほどになる。

（――ということは……この首輪と枷（かせ）が鉄製で、うまく腐食させられたら安全に外せるんじゃ？）

それはとてもいい考えのような気がした。

魔水晶を手に取り、鉱物を腐食させていくイメージをしながら魔力を流す。

（この魔法の名前は『腐食魔法』でいいかな。単純だけど）

錆（さ）びだらけで茶色く変色した鉄がボロボロと崩れていくイメージで頭の中をいっぱいにする。

魔法石が手の中で温かくなった。魔力が正常に込められた合図だ。

（鉄を錆びさせる魔法……金属以外には効かないはず。鉄以外に効くかどうかは要検証ってことで）

まずは体に害がないことを確認するため、先ほど買った食料の中からパンをひとつ取り出した。

腐食魔法を込めた魔法石を片手に握り締めて魔力を流し、取り出したパンに触れてみる。

（うん、なにも起こらない）

そのまま眠る子の手首にはめられた枷（かせ）に触れた。

触った箇所からみるみる腐食が進み、枷（かせ）だったものが腐っていく。

オレンジ色と茶色が混ざったように変色した部分をぐっと指で押すと、まるで砂の城を崩すようにぱらぱらと崩れ去った。

「よかったぁ……」

ホッとして思わず声が出た。

残った枷にも触れて、同じようにバラバラバラと崩していく。

最後に、首に禍々しく巻きついている首輪に触れた。腐食化した首輪は原形がなくなるほどに崩れていった。錆びた鉄が子供の首元に付着しているのを見て、お祓いするようにパッパッと手で払い綺麗にする。

「よーし、それじゃあ早いとこ移動しますか！」

いまだにすやすやと寝息を立てている子供の体の下にグッと手を入れて抱き上げた。

「お、おも……意識ない人の体って重いのよね……」

想像より重い体に思わずよろめいてしまい、慌てて抱えなおす。

よろよろとふらつきながら、子供を抱えた腕とは反対の手でなんとかローブのポケットから転移魔法の魔法石を探る。

（抱き上げる前に出しておけばよかった……）

魔力を流すと転移魔法が発動し、レティシアたちは無事にその場から転移した。


転移先に指定した森へは、子供とそろって無事に転移できた。

この子にとっては初めての体験であろうに、まだすやすやと腕の中で眠っていた。

怪我はすっかり綺麗に治っているが、治癒魔法では体の汚れがそのままだ。

そこまで思い至らず、体を洗うための道具を用意していなかった。

(あー、もう。うっかりだわ……どうしようかな……)

少し悩み考えて魔法でどうにかできないかと思いつく。

(ラノベの定番、生活魔法『クリーン』ができるのでは?)

異世界転生系のラノベでは定番の、ありとあらゆる汚れをキレイにできる便利魔法である。

貴族令嬢であるレティシアは、いつも屋敷や王宮の使用人たちに丁寧にお世話をされてきた。

それが当然の生活だったから、この便利魔法の存在が頭に浮かぶこともなかった。

(この世界に存在しているのかな? まだ誰も思いついたことがないとか?)

考えてみれば、誰かがクリーン魔法を使用しているところは見たことがない。

もし存在しているなら日常生活だけでなく、水をたくさん使うのが難しい環境での野営時など、誰もが使いたがるはずだ。

(この世界の魔法を詳しく勉強じゃないからあるのかないのかわからないけど、まあ、それはどうでもいいか)

今までも、レティシアが見たことのない魔法を試して失敗したことはなかった。

ということは、おそらくこの世界のどこかにはあるんだろうとレティシアは考える。

存在しないものであったとしてもレティシアは新たに魔法を作り出すことができるのだが、この世界の魔法の常識に疎(うと)いレティシアは気づいていない。

少し前、思いつきで魔法を試そうとしてレティシアは怖い思いをしたことがある。

前世で見たアニメに出てきた必殺技をふと思い出し「まさか完成しないだろうな～発動するわけないよね～」と、おもしろ半分に魔法石に入れはじめたのだが――

それが存外うまくいってしまいそうになり、異様な雰囲気を放ちはじめた魔法石に恐ろしくなって、レティシアは慌てて魔力を遮断し、完成途中の魔法石を放り投げたのだ。

（アレは本当に危険だった……あんなの、下手したら国ひとつ吹っ飛んだっておかしくないわ……）

レティシアはあの時の恐怖を思い出し、遠い目になる。

それから、どれだけイメージができようと攻撃魔法だけは作らないようにしていた。

まだ抱えたままだった子供を草の上に横たえる。くぅくぅと寝息を立てる子供は薄汚れていたが、よく見ると非常に整った美しい顔立ちをしていた。

「どこぞの貴族の隠し子とかじゃないよね……？　邪魔になったから消されそうになって、逃げたしたとか……？」

あるいは貴族の両親のもとから誘拐されて、奴隷にでもされていた線も否定できない。

想像だけで不安になるのはよそうとレティシアは思考を切り替える。

（とりあえず考えるのは後回しよ！　後回し！）

なんにせよ、この子供を庇護して安全な場所へ送り出してあげることに変わりはない。

それなら前向きに考えたほうが人生は楽しいのだ。

幸いレティシアには魔水晶を使ったチート能力がある。危険から守る手段はいくらでもあるはずだ。

「まずはテントを張って、寝袋を出してからね」

この世界のテントは大きく二種類あって、前世で使われているものと同じように手作業で部品を組み立てるタイプと、魔力を流すだけで勝手に組み立てられる魔道具タイプがある。

魔道具のほうが圧倒的に手軽なだけあって、価格は十倍くらいになる。

大きさによっては二十倍くらいするものもあった。中の装飾が豪華なのかもしれないが。

結構な出費になったが、レティシアは魔道具を選んだ。

組み立てと解体して収納する手間と値段を天秤にかけて、手間のほうが嫌だと思ったのだった。

魔水晶をローブのポケットから取り出し、手に持つ。

(今日はいくつ使ったかなー？　また仕入れなきゃいけないかなぁ)

そんなことを考えながら、深呼吸を一つ。

イメージするのは便利魔法『クリーン』である。

髪と体全体から余計な汚れを綺麗さっぱり消すイメージ。その後にはシャボンのいい香りがするような——

手の中が温かくなり、手にしていた魔水晶が魔法石に変化したのがわかる。

(イメージだけでその通りの魔法になるっていうの、すごすぎるよね。この世界のイメージのパワーって神様の関与を疑うレベルに感じるよ)

毎回いとも簡単に作っておいてなんだが、さすがに失敗知らずすぎて成功するたびに少し怖くなるレティシアだった。本当になんでもできそうな、強すぎる力だ。

子供の手に魔法石を触れさせ、魔力を流す。

クリーン魔法は緑色の淡い光を放ちながら、綺麗さっぱり子供の体を浄化してくれた。

いい香りがレティシアの鼻を刺激する。それは前世の懐かしい牛乳石鹸の香り。

（あぁ……懐かしい。我が家のお風呂にはいつもこの香りのボディソープがあったなぁ）

ひどく懐かしく思いながら、また子供を抱きかかえてテントの中に入っていく。

開いた寝袋の中にそっと横たえ、寝袋のボタン式になっている前開き部分を閉じていく。

「これで体も冷えないよね」

うんうんとうなずきながら、自分の仕事に満足するレティシア。

「あー、そろそろ帰らなきゃ……」

さっきと同じく、結界魔法の魔法石と魔電池を設置する。魔電池にはしっかり魔力を流し、満タンにしておいた。

「明日は仮病でも使って、朝から様子見に来ないと」

まだ目覚めそうにない子供には、いろいろ聞きたいことがある。

すっかり綺麗になった子供は、ハッとするような美しい顔立ちが際立っている。

これはいろいろ言い含めて危機意識を持たせないと、人買いに攫われそうである。

（いや、もう攫われて逃げたした後かもしれないけど……。目が覚めて誰もいなかったら怖いだろうなぁ。ああでも、目覚めて知らない人間である私を見ただけでも悲鳴を上げてパニックを起こしてしまうかも……）

「私が来るまで寝ていてほしいな……」

子供の頭を優しく撫でながら独り言を呟く。

「また朝に来るね」

安らかな寝息を立てて眠り続ける子供に声をかけ、レティシアは転移魔法で自宅に戻っていったのだった。


翌日、子供は起きていた。

前日の悲惨な状態から、レティシアを見たら怯えるかと思っていたのだが——

あれこれ考えていた心配事はすべて杞憂に終わることになる。

意識がなかったはずの子供は、自分を助けたのがレティシアであることを理解していたようで、朝になってテントを訪れたレティシアを見るなり、まっすぐに駆け寄ってきた。

会話も不自由なく、パニックになっている様子はない。

「さて、そろそろ自己紹介といこうかね。おまえさん、私のことは『ばぁば』と呼ぶといいよ。『お婆ちゃん』でもいいけどねぇ。『ババァ』なんて呼んだらすぐに見捨てるからね」

レティシアは気難しいお婆さんのような口調と態度で子供に語りかける。

「わかった！　ばぁばって呼ぶ！」

子供はクフフッと嬉しそうにはにかみ、笑い声を上げた。

「名前を教えてもらったのなんて、初めてだよ」

どんな環境で育ってきたのか可哀想になるが、いろいろ知りたい情報もあるのでレティシアはそのことには触れずに質問を重ねた。

「そうかい……ああ、おまえさんの名前はなんて言うんだい？」

子供はキョトンとした表情でレティシアを見た。

「えーっと、僕？『オイ』とか『このグズ』とか『これ』と『アレ』とか……たくさんあったと思う。たぶん名前だと思うけど、たくさんあるからどうなのかなぁ？　僕ずーっと眠たくて眠たくてよく覚えてないの」

「そ、そうかい……あまりいい言葉じゃないから名前ではないと思うがね。よく覚えてないなら忘れたままでいいさね」

顔と会話には出さないが、心の中でレティシアは衝撃を受けていた。

初めて見たあのひどい姿から、まともな扱いをされてこなかっただろうとは思っていたが、想像するのと実際聞くのでは衝撃が違った。

この幼い子にひどい扱いをしてきた人間に対して、激しい怒りがふつふつと湧いてくる。

もしもその人間がこの子を取り戻そうとレティシアの目の前に現れでもしたら、禁じていた攻撃魔法に手を出してしまいそうである。

「おまえさんには、このばぁばが特別に名前をつけてやろうじゃないか。呼ぶ時に名前がないのは不便だからねえ」

「いいの!?　やったーーー！」

ぴょんと大きく飛び跳ねて大変な喜びようだった。

レティシアはじっくりと子供の姿を見る。黒髪に赤い瞳——

赤や黒といった色にちなんだ言葉をいろいろと考えてみたが、結局それらとは関係ない『レナト』という言葉がなんとなく浮かんだ。

レナトというのは、生まれ変わりや再生、復活を意味する言葉だ。

騎士の家系によくつけられる名らしい。過酷な戦いで傷ついても復活してほしい、というような願いなのだろうか。

「レナト……僕、絶対レナトって名前がいい！」

その名の意味を聞いたレナトが嬉しそうにしていたので、名づけたレティシアもホッとした。

過酷な環境から生まれ変わって、新しい人生を歩みはじめたレナトにピッタリな名だと思う。

それから一カ月ほどの間、レティシアはレナトの面倒を見続けた。

レティシアがレナトのところにいる間、彼は親鳥の後ろにつきまとう雛鳥のごとく、どこへ行くにもついてきた。

レティシアもそんなレナトが可愛くてたまらず、小さな弟のように感じてますますあれもこれもと世話を焼いてしまった。

レティシアが屋敷に戻る時は、必ず結界魔法を展開しておく。レナトにはレティシアが戻るまで結界から絶対に出ないように何度も言い聞かせた。

抵抗する手段を持たない無力な子供を守るには、安全地帯から一歩も出すわけにはいかなかった

のである。

　好奇心は猫をも殺す。外に出たいと思っても絶対に出てはならないと、怖い話まで聞かせてやった。レナトは「怖いから絶対に絶対に出ない！」と真っ青な顔で必死にうなずいていた。少しやりすぎた気がしないでもない。

　レティシアが帰ってしまえば、レナトは一人ぼっちになってしまう。

　庇護（ひご）者に依存するのは仕方のないことで、日を追うごとにレナトはレティシアに懐いていき、別れ際は辛そうにポロポロと涙をこぼしながら見送ってくる。

　小さい子供を置いていくことの罪悪感に加え、ともに過ごす時間が増えるたびに可愛いく愛しく思う気持ちが積み重なっていく。もらい泣きまでしそうになっていた。

　けれど、国外逃亡する予定のレティシアが幼い子供を保護して自立できるまで育てていくことなどできるはずがない。逃亡後に混乱を与えるだろう侯爵家に連れていくことも当然できない。

　だから、涙をこぼすレナトに心を痛めながら、心を鬼にして毎回言い聞かせていた。

　野営中のレナトの食事は、バーベキューコンロのような魔道具を作って料理して食べさせていた。

　前世でいうカセットコンロでもよかったけれど、自然豊かな外での野営には、バーベキューが似合う気がするというだけである。

　前世の記憶を頼りに手料理を毎日作り、これからのことを考えてレナトにも料理を教えたりした。

　自立しなければならない時を考えて、なんでもできるようになっておくのは大切である。

　レナトは幼いのにとても器用で、レティシアが教えれば教えるだけ吸収して、すぐにおいしい料理を作れるようになった。

もちろん、刃物や火を使用するのはレティシアがいる時だけという条件付きだが。

「レナトは優秀だのう。いい子じゃのう」

レティシアはそう言ってたくさん褒めながら、レナトの小さな頭を撫でた。

薬草採取を一緒にしたり、狩りを教えたりもした。

刃物を使った近接攻撃は危ないので、遠くから攻撃できるような魔道具としてクロスボウを作って使い方を教えた。

森には小川が流れていたので、魔道具で釣り道具を作って釣りもした。魔道具のため、魔力を流すだけで糸を巻き上げるのも自動だし、子供の力でも大物を釣り上げられる。

レナトはなんでも器用で上手にこなし、レティシアが二匹しか釣っていないうちにもう十四以上釣っていた。

魔力にも恵まれているようだったので、魔水晶を使っての魔道具作りもしっかり指導した。

あまり難しいものを教えたわけではないとはいえ、レナトは難なく魔道具をイメージして作り上げていた。

魔法石にもチャレンジさせた。レナトはとても優秀な生徒だったとだけ言っておこう。

そうして、楽しく愉快な一カ月はあっという間に過ぎた。

一カ月も経つと、逃亡資金も当初の目標額に近くなってきた。

レナトも、いつまでも森で暮らさせるわけにもいかない。

レナトが安全で衣食住に困らない生活を送るために、いろいろと調べた。

街の孤児院が後ろ暗いことをしていないか、レナトを安心して預けられる場所なのか。

この世界には人身売買が存在している。罪を負った人間の身柄を引き受けて堂々と売買をする奴隷商がいるし、それだけでなく罪なき人を誘拐して違法に売買するものまでいる。

そういうことに手を染めていないか念入りに調査して、ようやくレナトを連れていったのだった。

レナトの黒髪と赤目は悪意を持たれやすいのだということは、知識として知っていた。

いわゆる「忌み子」と呼ばれる特徴そのままのレナトが孤児院で迫害を受けてはいけない。

直接見に行った限りでは善良そうな職員や子供たちしかいなかったように見えたが、いざ「忌み子」を前にすれば変貌する可能性が高い。

ずっと刷り込まれた価値観こそ正義だと認識するのが人間なのだから。

なにが起こるかわからないと思い、レナトには隠蔽魔法を込めた魔法石を何個も持たせた。

レナト自身にも、隠蔽魔法を込めた魔法石の作り方を教えてある。

成功率は八割くらいだった。だから魔水晶さえ持たせればレナトだけでもどうにかできるだろうが、自分が作った魔法石も持たせておきたいレティシアの祖母心である。

目と髪の色を、平民によくある茶色に変え目立たない姿にする。

危険が迫った時に備えて、『伝達魔法』が込められた魔法石も渡した。

やっぱり大変な時には手を差し伸べてあげたい、姉心である。

そうして至れり尽くせりの状態で送り出したはずだったのだけれど……

――それでも、孤児院を脱走してまで私のもとへやってきた。

当初、渡しておくのは伝達魔法ではなく転移魔法にするつもりだった。

レティシアがいる場所へ飛ぶように行先を設定した特別製の魔法石を作ったりもした。転移魔法は行ったことのない場所には転移できないという制約があるため、レティシアの魔力を追跡してその場に飛ぶようにしたものだ。

けれど寂しさからただ会いに来てしまうかもしれないと思い、レティシア自身も寂しい気持ちを押し殺し、伝達魔法に留めた。

レナトは人懐っこい。だから、孤児院でも問題なく馴染んでいたはずである。念のため、正式に預ける前に体験で連れていき、ほかの子供たちと仲良く遊んでいるところも確認した。

(それでも親代わり、祖母代わり……気持ち的には姉だけれど……の私と一緒にいたいと飛び出してきた)

やはり一度面倒を見たのなら、一人立ちするまで面倒を見ろ！　ということなのだろう。

「ばぁば、これからどうするの？」

レティシアの腰に細い両腕を回してキュッと抱き着き、甘えるように尋ねてくるレナト。

「そうさねぇ、隣の国に行くからね。馬車に乗らないといけないねえ」

「馬車！　僕も乗ったことあるよ！」

レナトの言う馬車というのは、人買いが奴隷を乗せるものなのではと思いレティシアは話を掘り下げていいものか迷う。

嫌な記憶を思い出させるかもしれないので、結局スルーすることにした。

「レナト、ばぁばと離れて迷子にならないように、しっかり手を繋いでおくんだよ。離したら絶対にいけないよ」

「わかった！　絶対に絶対に離さない！」

レナトがしっかりとうなずき、レティシアの手を子供の力でギュッと握り締めてきた。

「そうそう、しっかりと繋いでいておくれ」

逃亡初日。

レティシアはレナトと二人、見た目には老婆と孫の二人連れとして、隣国を目指して歩き出すのだった。

第二章

その頃、王宮では――

「レティシアが……？」

ジェレマイアは掠れた声でその名を呟いた。

リデル侯爵家から遣わされた侍従の報告は、ジェレマイアにとって驚愕の内容だった。

脳が思考を拒否するかのようで、なにか言葉を発さなければならないというのに、なにも浮かばない。

――昨夜、私はレティシアに会った。

レティシアの妹ロザリンドとの不貞現場を目撃され、彼女はジェレマイアの目の前から稀少な転移魔法を使って消え去った。

『どうぞお続けになってください』……そんな残酷な一言を残して。

今朝、メイドがレティシアの部屋を訪れた時にはすでに彼女の姿はなかったとのことだ。

机の上に見慣れぬ魔道具と家族へ向けた手紙を残し、姿を消したということだった。

（――どういうつもりだ。レティシア）

レティシアはあの時、ジェレマイアとの婚約解消の旨を告げていた。

あれは脅(おど)しでも冗談でもなく、本気だったのだ。

涙を流すことも、罵倒(ばとう)することもなかったレティシア。

すべてを淡々とした態度で話し、冷静な態度を少しも崩しはしなかった。

（私の存在は、そんなにもお前にとってどうでもいいのか……）

昨夜から胸にぽっかり空いてしまった空虚な穴に、冷たく乾いた風が抜けていく気がした。

いなくなったレティシアに対する怒りか、それよりも虚しさか。

（レティシアにあれほどのことを言われても、私は本気にしていなかった……）

レティシアはこの国にとって、非常に貴重な存在だ。

魔力の純度、膨大な量は、どの国の王族からも望まれるほどだろう。

となれば、万が一ジェレマイアとの婚約がなくなり、そのことが知られれば、争奪戦になることは間違いない。

もちろん、価値があるのは魔力だけではない。彼女はとても賢く、努力家でもある。

清廉(せいれん)な美貌は、すべての者の視線を釘付けにするだろう。

彼女がどれほど願おうと、アンストート王家が手放すはずがない。

どんなに不満を抱こうとも、王太子であるジェレマイアと添い遂げなければならない、と。

彼女の妹と過ちを犯したとしても、レティシア以外が王太子妃になることはありえないのだ。

ジェレマイアは、今の今までそう信じていた。

レティシアを失うことはない。きっと、どうにかなるのだと思い込んでいた。

けれど、レティシアは逃げ出した。

婚約の破棄などはじめからできぬとわかっていて、姿を消したのだろうか。

確実にジェレマイアとの縁を切るために。

去り際の、感情の感じられぬ彼女の物言いを思い出す。

いや、言葉こそ淡々としていたが、目の前でみっともなく言い逃れをしようとするジェレマイアを見る目には、蔑(さげす)みが含まれていた気がする。

今まで一度も向けられたことのない目だった。

ジェレマイアはレティシアを、幼い時から知っている。

王太子としては遅い十七歳の時、ジェレマイアはようやく婚約者を得た。

それが、まだ小さな淑女として成長しはじめたばかりのレティシアだった。

ずいぶん年上であった己を見る時の夢見るような眼差し、幼さの残る甘い声。

エスコートに差し出したジェレマイアの手を見つめた後、覚悟を決めるように一瞬だけ小さく息を吸い、そっと乗せられた小さな手。

(――なぜ、今になって思い出すのか)

十五歳になればデビュタントを迎える。ジェレマイアと同じ年の令息たちはすでに婚姻を結び、早ければ子供を持つ者もいた。

そんななか、ようやく得た婚約者はまだ九歳。彼女が成長するまで待ち続けなければならないことは、まだ若い王子にとってあまりにも耐えがたい憂鬱(ゆううつ)だった。

幼い婚約者に対して、どう接すべきかもわからなかった。

冷遇していたつもりはなかったが、厚遇していたわけでもなかった。

ただ、やがて婚姻する相手というだけの存在だと彼女を位置づけた。

そんな思いはレティシアにも伝わり、前進することも後退することもない、冷え切った関係になっていった。

政略結婚の夫婦には珍しくもない。

お互いに後継を作るためだけの存在であり、愛する相手は別に作る。

けれどレティシアは王妃になるのだから、愛する相手を別に作るのは難しいだろう。

愛されることはないが義務は求められる。次代の世継ぎの母になる栄誉に微笑みを浮かべ、それこそが国母としての責務だと納得できる女でなければ、王妃の任はまっとうできまい。

だがレティシアがいずれ正式に妃となった日には、彼女をないがしろにするつもりはなかった。

妃としてのレティシアも、個人としてのレティシア自身も、誰より尊重するつもりだった。

そんなことを今さら伝えたところで、不貞現場を目の当たりにした直後の彼女が信じるはずがない。どころか軽蔑（けいべつ）すらされそうである。

そもそも、もうレティシアはジェレマイアからなにも望んでおらず、欲してもいないのだろう。

だからすべてを放棄して家を出たのだ。

女性関係をきっちり清算して、しっかり謝罪をして誠実に対話を重ねていけばどうにかなるという段階はとっくに過ぎてしまったのだということを悟り、黒いインクのような後悔がじわりと心に滲んでいく。

「リデル侯爵にレティシアの件、了解したと伝えてくれ。後日、屋敷にうかがいたい。いつであれば可能か知らせてほしい。できればでいい……と。よろしく頼む」

ジェレマイアはどうにか絞り出したような声で従者に伝える。

「承知いたしました。殿下の言伝、しかと閣下にお伝えいたします。本件につきまして、国王陛下にはすでにお伝え済みでございます。それでは失礼いたします」

従者は重々しく返答すると、静かに執務室を去っていった。

一人になったジェレマイアは、喉に詰まったなにかを呑み下す。

愚かな自分への失望、嘲笑、苛立ち。

負の感情に大きく心が波打つ。

遠くへ逃げ出したくなる心を留め置くため、椅子の背もたれに力いっぱい背を預けた。

「傲慢だったな、私は」

そして、ぽつりと呟いた。

ジェレマイアと八歳差の、婚約相手と認識するには幼すぎる少女。

男の欲など想像したことすらないだろう無垢な瞳。

デビュタントを迎えるまで五年以上もあり、ジェレマイアはこの婚約が決まった時、長すぎる禁欲生活をどうやりすごすべきかと考えた。

婚約者と年の差がある場合、男側が娼館へ通うのは貴族にとって普通のことだ。むしろそれは婚約者を守るために必要なことなのだと主張する者さえいる。

けれどジェレマイアはこのアンストート王国の王太子。その婚約者となれば、いずれ正妃になる存在だ。ジェレマイアが身綺麗でいることが最も婚約者への尊重と示すことになると、わかっていた。が、そうしようとしなかった。

というよりも、周囲がそれを許そうとしなかった。

「まだ幼い婚約者様に配慮し、殿下のお相手を御用意いたしました」

頼んでもいないのに勝手に相手を用意して、あてがおうとしてくる貴族たち。

王命により幼い婚約者を迎えざるをえなかった可哀想な王子様だと、誰もが内心でジェレマイアを笑っていたのだろう。

同情と憐憫を含んだ眼差しがいくつも注がれる。

(――なぜそんな目で私を見る)

「ご安心ください殿下。口の堅い未亡人を用意しましたので」

まるでジェレマイアが大変な禁忌でも犯すかのように、ひっそりと用意された相手。

まるで罪の証のようなその相手に、手をつけようとは思えなかった。

(なぜ私が後ろめたいようなことをしなければいけないのだ。あの幼い侯爵家の令嬢のために?)

本来大っぴらに娼館へ通おうと、そのことで責められる筋合いはないはずだった。

それにジェレマイアの寵愛を欲する令嬢は吐いて捨てるほどいるというのに。

(それとも、遊びの相手にでも不用意に子種をばら撒くような愚かな王子だと侮られているのか)

どうにか怒りを沈めて、ジェレマイアはその時「わかった」とだけ返事をした。

(自分の相手は自分で選ぶ。しかし、その未亡人とも関係を持ったほうがいいのだろう。おそらくそれによって、相手の未亡人には手当てが発生する。口が堅いというのは、金銭に余裕のない者か、なにかの弱みがある者を選んだだろうからな)

王族は子を成すことが最大の責務である。次代を誕生させ血を継いでいくことが最重要。

だから内心はどうあれ、側室も愛妾も当然だと受け入れ、対外的には寛容な心を見せることが正妃には必要不可欠だ。

王の女性関係で悋気を起こすようでは、王妃には向かない。

淑女とは納得できぬことがあっても眉一つ動かさずに微笑み、常に余裕のある態度が求められるものなのだから。

『王子様はお姫様に唯一の愛を誓いました』——などという御伽話は夢物語にすぎないということを、あの無垢な少女もいずれ知るのだろう。

ジェレマイアは夢から醒めた瞬間の少女を思い、その夢を壊すとわかっていてもやめようとは思わなかった。

王族に生まれた以上、そんな夢を見るよりも向き合わなければならない現実が山ほどある。目を背けたいことがあろうと清濁併せ呑むことで、一国を守るという重い責務を果たしているのだ。

それでも——幼い婚約者の、夢見るような眼差しを思い出す。

国を守るためと言いながら、未来の妻となる少女の夢一つ守れない薄情な自分は、すでにもう汚れているのだと思った。

そうして秘密裏に用意された未亡人と関係を持った後、ジェレマイアは言い寄ってくる令嬢たちとも気が向けば関係を持つようになった。

（――それにしても……こうも簡単だと食傷気味になるな）

ジェレマイアはこっそり嘆息する。

幼い婚約者がいるというのは、貴族はもちろんのこと平民ですら知っている。

（だというのに、寄ってくる者の多さよ）

夜会に出席し、適当な令嬢と視線を合わせてほんの少しだけ微笑む。

それだけで、相手は自分が特別に選ばれた存在なのだと錯覚するのだ。

王子の微笑み一つで、貞淑であれと教育された令嬢たちが熱に浮かされ縋りついてくる。

（肩書と権力に誘惑される花のなんと多いことか）

それでもジェレマイアは、婚約者がいる令嬢に手を出すことはなかった。貴族たちは、いずれ国王になるジェレマイアにとって未来の臣下である。その婚約を壊す施政者に、彼らが忠誠を尽くすわけがないからだ。

誰彼構わずというようでいて、摘み取るべきでない花はしっかりと判別していた。

ただ、遊び相手の性根までは興味がないので選り好みはしなかった。

しょせんは一夜限りの相手。その中身がどんなものでも……もっと言えば誰でもよかったのだ。

ジェレマイアが婚約者のいる者とは関係を持たないと気づいた者は、それを隠して擦り寄ってくることもあった。

　ジェレマイアの腕にしなだれかかる嘘つき令嬢を見つめ、あえて周囲に聞こえるように「婚約者殿は息災か？　彼とはチェス仲間でね」などと口にしてやった。

　令嬢は顔色を悪くして「おかげさまで元気にしております。ご無礼をお許しください」と足早に去っていった。

（公の場でほかの男に擦り寄る姿を見せた後で婚約者にどう言い訳するのだろうな。王子の寵愛を得て、なんの立場を狙っていたのだか）

　地獄をさまよう魑魅魍魎の目前に下ろされた白い糸。ジェレマイアがまるでその白い糸であるかのように、誰も彼もが群がり、欲に塗れた瞳を向けてきた。

　堂々と欲を向け、遊んでほしいと媚態を取る女なら可愛いほうだ。

　なにも知らない乙女のような顔をして近づいてくる者もいる。

　表では清廉な淑女の仮面をつけているものほど、裏で娼婦も裸足で逃げ出すほど遊んでいたりしていた。

（本当の清廉な淑女なら、そもそも婚約者のいる私には近づいてこないであろうが）

　寄ってくる貴族令嬢のほとんどが身分と権力を欲する生き物なのだと、ジェレマイアは思うのだった。

　公務に勤しむかたわら、夜になれば別邸へ足を運んだ。

そこには「幼き少女の心と体を守るため」に用意された女が待っている。

幼い子供に欲はぶつけられない、そんなことはまともな男なら誰だって理解している。

だからといって飢えた獣のように発散する相手を常に求めているわけではない。

(――欲をぶつける気が一切ないと誓ったとしても、そもそも信用がないのだろうな。どれだけ王族が好色だと思っているのか。好色にさせたいのか)

ジェレマイアは失笑するしかなかった。

用意された女と義務的に事を為し、使用人が無事に済んだことを確認すれば、あとは長居の必要はないし、したくもない。

それだけのために用意された相手である。

向こうもそれがわかっているし、おそらくここへ来るにあたって数多くの誓約をさせられているのだろう。初めから儀礼的な態度を一切崩さない。

そこに気づいてからは、事を終えるとすぐ帰るようになった。

もはやこれは閨教育のようなものなのだと、お互いに職務として淡々とこなされるだけの行為。

(こんな虚しい行為になんの意味があるというんだ)

誰を相手にしようと、心はいつも凪いでいた。

ただ時折、用意される女とよこしている者たちへ、そしてそれを享受するだけの自分に、嫌悪を感じた。

遊びと割り切った令嬢たちとの一夜の関係と、別邸での義務的な関係。

続けていくたびにどちらにも虚しさと苦痛ばかりが増えていく。

若い王子のためという大義名分で恩を売ろうとする貴族たち。

令嬢たちとの遊びは、そんな貴族たちへの反抗心もあった。

けれど一夜限りの花には毒花も潜んでいた。

婚約者の少女にジェレマイアとの関係を詳細に記した手紙を送りつけた身のほど知らずがいたのだ。それからは、遊びの関係でさえ徹底的に管理されるようになった。

(――わざわざ秘密裡に口の堅い女を用意するというのは、正しかったのかもしれないな。こうやって毒を撒き散らすような者に引っかからないで済む)

用意された女たちは、どこかレティシアに似ていた。

髪色が似ている、瞳の色が似ている、眼差しが少し似ている、少女のような細身の体付きが、声がどことなく――

やがては本人との関係を築くために、なのだろう。婚約者の少女を思わせる欠片が少しずつ潜んでいるのをジェレマイアは感じ取った。

そのせいか、彼女たちとの行為のなかでふと、少女の顔が浮かんでしまう時がある。

冷水を浴びせられたようだった。

婚約者を裏切ることよりも、彼女に穢(けが)れた思いを重ねそうになることのほうがよっぽど罪に思えた。

ただの義務として行為に及ぶだけの相手なのだから、似ても似つかぬ者を用意してほしかった。

それならば、こんなにも罪を犯したような気にはならなかっただろうに。

少女へ欲を向けないための行為だというのに、発散相手にその本人を思わせる者を用意することに、矛盾を感じないのだろうか。

いつか本物のレティシアと子を成す時に、ずっと禁止されてきた相手でもきちんと欲を感じられるようにと意図されてのことだったのかもしれないが、その配慮はジェレマイアを歪ませた。

レティシアを感じるものはすべて、穢すことが許されないと。

王子として、政務や外交に務めるのは義務であり責務だ。

いずれ国王になるジェレマイアの横に立つ者として、未来の国母として、常にベスト以上を要求されるのはレティシア自身だが、彼女の健気に努力し続ける姿にジェレマイアは尊敬の念を抱いた。

彼女の姿に触発され、公務にも一層励むようになった。

義務や責務としてではなく、自発的に努力を重ねていった。必死に努力を重ねる幼い婚約者に恥じないように、と。

皮肉なことに、ジェレマイアの努力が実り評価されるたびに、群がる花の数は増えていった。

もう来るもの拒まずではなくなっていたが、ジェレマイアの中にもまた別のなにかが芽生えていた。

成長し、姿だけは大人と並んでも遜色なくなっていく婚約者に対する、幼かった彼女には感じたことのなかった思い。

それでもまだ子供であることに変わりない彼女に手を出すことはもちろん、そんな思いを抱いたことすらあってはならないことだと自分に言い聞かせた。

けれど収まらない渇きがジェレマイアを苛み、花を愛でなければ落ち着かない時があった。

別邸では相変わらずどこかに彼女の欠片を宿した者が待っていた。けれどもう彼女たちに欲をぶつけることはできず、ただ煽られ、渇きがひどくなるばかりだった。

寄ってくる花をいくら愛でても渇きは収まらず、それどころかさらに増すばかりだ。

決して穢してはならないレティシアというたった一人の女性しか、この渇きを癒やすことはできないのだと、ジェレマイアはわかっていながら、目を背け続けた。


レティシアの妹と関係を持ったきっかけは、なんだったか。

婚約してから何度もリデル侯爵家を訪れたが、妹のほうとは挨拶する程度の仲でしかなかった。

未来の義妹という認識は薄い。レティシアを初めて見た時に感じたハッとするような清廉な美はなく、彼女の妹にしては凡庸だと思うだけだった。可愛らしいが普通の令嬢だ、と。

もちろん、その胸の内を悟られぬよう相手が望む優しい王子様を装ってはいた。

週に一度、恒例のお茶会。

侯爵家でそれが開催されたこの日、出迎えに来たのはレティシアではなく妹だった。

「ジェレマイアさまにご挨拶を申し上げます。ようこそおいでくださいました。お庭にお茶の準備をしております。さあ、こちらへ――」

ジェレマイアの右腕を取り、細い腕を絡めながら己の体をぐっと密着させてくる。

体が密着するとともに、ふわっと嗅いだことのない匂いが鼻についた。

吸い込む空気が重く感じるほどの、濃密な匂い。花の香りのようだが、こんな甘ったるいものは知らない。レティシア嬢はどこに——と問いかけようとしても、香気に満たされた肺は呼吸すら困難に感じる。

頭の中に靄のようなものが広がっていく、なにか言葉を発しようとしても、思考がまとまらない。

(——なにか、おかしい)

頭を左右に振って、溶けたような思考をなんとか働かせようとするが、まるで酩酊したようにぼんやりと意識がかすむ。

なにかがおかしい、と己の異常を分析しようとする考えすらも、少しずつ浸食されて消えていく。

絡みついた腕を振りほどこうと思うものの、ただ立ち尽くしたままで指も腕も口もなにも動かないままだった。

レティシアの妹の姿を呆然と見下ろす。

彼女は猫がミルクをたらふく舐めた後のような満足そうな表情をして、ジェレマイアに体を擦りつけた。

(な、なにを……)

十三歳の少女には似つかわしくない行いに驚愕と不快さを感じた。

その瞬間、先ほどからずっとジェレマイアの思考や行動を邪魔していた頭の中の靄が払われた気がした。

（王族への、ましてや姉の婚約者に対しての振る舞いではないな。しかも、彼女もリデル侯爵家の令嬢ではないか。私が王族や姉の婚約者でなかったとしても、侯爵令嬢ともあろう者が異性を相手にこのような娼婦まがいの振る舞いするなどありえないことだとわからないのか？）

眉をひそめたジェレマイアに気づくことなく、彼女はニコニコと微笑んでいる。

ジェレマイアは無言で腕を振り払い一歩距離を取ると「レティシアはどこに？」と尋ねた。

しかし妹は眉間にかすかに皺（しわ）を寄せ『なぜ？』とでも言うように首をかしげた。

それからなにか思いついたようにジェレマイアに向き直る。

「申し訳ありませんジェレマイアさま。姉はジェレマイアさまをお迎えするため、準備に時間がかかるとのことでしたわ。お伝えするのが遅くなり失礼しました」

先ほどまでの態度はどこへやら、やけに早口でそう説明してきた。

「そうか。ではどこかで待とう。メイドか侍従か、案内できるものは？」

「姉からジェレマイアさまをご案内するよう頼まれているので、私がいたしますわ」

「……それではリデル侯爵令嬢、よろしく頼む」

「まあ！　お姉さまとご結婚なさるのですから、私のことはロザリンドとお呼びください！」

「……ではロザリンド嬢、よろしく頼む」

「はい！」

頬を薔薇（ばら）色に染めて恥ずかしそうに笑む姿には十三歳という幼さを感じ、先ほどの娼婦めいた振る舞いを見せた相手とは信じられなかった。

しかしジェレマイアを『殿下』でなく、当然のように名前で呼ぶのはいただけない。

十三歳といえば幼いには幼いが、成人までたった二年だ。それに彼女だって高位貴族の教育を受けた身であるはず。レティシアの妹とは思えぬマナー知らずの振る舞いに、ジェレマイアは強い不快感を覚えた。

(そういえば、レティシアとはたった一つ違いだったか——?)

案内されるまま歩みを進めながら、少し前を歩く令嬢の背中を見つめる。

姉の婚約者、それも王命で決められた特別な婚約。

その意味を、もう十三であればわからぬわけがないだろう。

姉が優秀だからといって、その下も優秀だとは限らない。

ただ愚かなだけなのか?と、内心で思いながら、後にその愚かさのせいでレティシアの枷となってはならないと、しっかり観察する。

細い小道を抜けると東屋が見えてきた。

色とりどりの花々が百花繚乱とばかりに咲き誇っている。

「ジェレマイアさま、こちらの東屋ですわ」

ロザリンドがジェレマイアの右手に触れた。

「ロザ……」

許可もなく手に触れるのはやめてほしいと伝えようとして、言葉が途切れた。

先ほど嗅いだあの匂いがまた漂っている。

思考に靄が立ち込め――

(――レティシアほどではないが、そこそこ見られる顔立ちだ。それの使いどころもわかっているというわけか。私の奔放な噂を聞いてもしかしたら籠絡できるとでも思ったか？　侮られたものだな。笑わせる……デモ、アソンデミルカ？)

そんな考えが思考に浮かんで、ゾクリとした。

先ほどまでとはまったく違う思考になっていることへの違和感。

レティシアの妹ではあっても、あまりに愚かで浅慮だ。レティシアに迷惑をかける存在にならないよう侯爵に苦言を呈す必要がある――ジェレマイアにとって、彼女の印象はそれだけだった。

あと少しで東屋へたどりつくというところで、足を止めたままのジェレマイアにロザリンドが抱きついてきた。

体が拒絶するように、ジェレマイアは一瞬ピクリと跳ねた。

「お姉さまの婚約者であるということはわかっているのです。でも……ずっと、お慕いしておりました」

(まだ十三歳……結局、幼くとも女は女ということか)

濃厚な匂いが肺に満ちていた。

靄に包まれつつある思考の中で、ジェレマイアは冷静に分析する。

芝居がかった陳腐な台詞に白けた気持ちになりつつ、胸に強くしがみつく彼女の体を離そうと、動かない腕に動けと力をこめた。

「……！」

拒絶しようと掴んだ彼女の肩の、思ったよりも柔らかい肌の感触にハッとする。

ふと頭をよぎったのは——レティシアも同じような感触なのだろうか？　ということだった。

ジェレマイアが隙を見せたその瞬間、肩を掴まれたロザリンドが開いた距離を詰めた。

上気した頬に潤んだ瞳、熱を帯びた吐息。ジェレマイアを見上げるその視線には、明らかな情欲が見てとれた。

レティシアは、こんな欲塗れの顔は絶対にしない。

（似ているのは、顔だけだ）

そう、思ったはずだったのに——

その瞬間、なぜかロザリンドがレティシアに見えた。

頬を染め、誘うような潤んだ瞳で自分を見つめるレティシアに見えたのだ。

なんだこれはまずいと焦る思考を塗り替えるように、頭の中にまた靄が膨らむ。

『この女が欲しい』という激しい欲が身を突き抜けた。

もうなにも考えられなかった。

拒絶するために伸ばしたはずの両手は、女の肩を滑り背に回る。

そしてもう離さないとでもいうように、強く抱き締めていた。

目の前にいるのが誰なのかもわからぬまま、夢中で唇を重ねていた。

渇きが癒やされていくようだった。

ようやく救われると思った。

それはロザリンドだったのに。

あとは――欲に囚われるだけだった。

流されるがまま、何度も何度も逢瀬を重ねた。

それでも口づけや軽い触れ合いだけで済ませていたが昨夜、あの部屋にロザリンドを連れ込み、ついに一線を越えてしまうところであった。

そこに、本物のレティシアが現れたのだ。

そして婚約解消を告げられ――夢から醒めた。

頭の中の靄は綺麗になくなっていた。

ベッドに横たわり呆然とする女を、もうレティシアと見間違えることはなく、愛しいとも思えない。

あの渇きから、癒やされたと思っていた。自分はあのよくわからない焦燥から救われたのだと。

けれどジェレマイアの渇きが癒やされることはないだろう。もう二度と。

(あの濃密な匂い、頭の中に立ち込めた靄。もしかしたらなにかの魔法なのか?)

あれは――なんだったのだろうか。王族を狙った計略の類だったとすれば、放置するわけにはいかない。調べてみなければ。

たとえすべて手遅れだったとしても、せめて王子として国を守ることだけは、諦めたくなかった。

父である国王の侍従長が、先触れなしにジェレマイアの執務室へ訪れた。

「陛下からです」

渡されたのは、小さく折り畳まれたメモだった。開くと「すぐ来るように」と書かれている。

表立った話にはできないことだと理解し、すぐに侍従長に案内されて向かった先は、ジェレマイアも数度しか訪れたことのない父の私室だ。

ここへ来るまでに警備の騎士をほとんど見なかったことから、人払いをされているのがわかる。

父が動いたということは、先刻聞いたレティシアの失踪がまぎれもない事実であるということだ。

(十中八九、レティシアの失踪の件だろうな……)

「父上。ジェレマイアです」

部屋に入室すると、そこには関係者がすでにそろっていた。

国王に加え、ジェレマイアの母である王妃、この国の宰相にしてレティシアの父、リデル侯爵。

それに妹のロザリンドまでも……

呼ばれた時からレティシアの失踪に関しての話であることは予測していたが、ロザリンドがいるということは、昨夜なにがあったのかもすでに知られていると考えたほうがよさそうだった。

どのような内容が持ち出されるか、もはや確信を持ちながらも冷静に一礼する。

「ジェレマイア――よい、楽にせよ。公式の場ではないのだから」

うやうやしい所作で一礼をしたジェレマイアを国王が制した。

「はい」

冷静な表情を保ちながら、やはり緊張していた。

肩の力を抜こうとしながらも、その瞳には緊張を隠しきれないでいる。

父がいる、母がいる、義父になる予定の男がいる……けれど、ロザリンドもいる。

（レティシアの失踪の原因として、当事者である二人を呼び出して事情を聞こうというのであれば、まだ……）

嫌な予感を切り替えようと唾を呑み込む。乾いた喉がゴクリと鳴った。

国王は真偽を見定めるかのようにジェレマイアを見つめた。

「ジェレマイア、此度のこと、お前の言い分が聞きたい。なにかあるか？」

「父上。此度のこととは、レティシアとのことでしょうか？　それともロザリンド嬢の……」

チラと目線だけロザリンドに向け、すぐに父へ戻す。

ロザリンドはうつむいていて、表情がわからなかった。

「どちらも、だな。お前の婚約者レティシア嬢と、その妹であるロザリンド嬢、二人とのことだ」

今から話す内容がひどく憂鬱であるのか、父は疲れたように片手で顔を覆うと重たいため息を吐いた。

「実はな……驚くべきことだが、目の前の光景をそのままに記録するという魔道具がレティシア嬢の私室に残されていたそうだ。添えられていた手紙には、その魔道具に記録されたものがなんであるかも書いてあった」

「記録する魔道具……？　そんなものが本当にあるのですか？　見たことも聞いたこともございませんが」

　ジェレマイアは初めて聞く魔道具の存在に驚いた。

　だが、同時にその記録された内容というのがなんであるか、とても嫌な予感がした。

（もしかして、昨夜の……？）

「ああ、本当にな。レティシア嬢がこのような摩訶不思議（まかふしぎ）な魔道具をどうやって入手したのかは気になるところであるが、まずはこの魔道具に記録されたことをここに集まった者たちだけに開示したいと考える。ジェレマイア、ロザリンド嬢、よいな？」

　父の確認が自分だけでなく、ロザリンドにも向けられていたことで、ジェレマイアは確信した。

　これは昨夜の自分とロザリンドが犯した罪の記録であると。

　問いかけるかたちであっても、否やは認められるはずがなかった。

　それでもジェレマイアは腹を括（くく）り、しっかりとうなずく。

「ロザリンド嬢も、いいな？」

「……はい」

　しばし間があったが、ロザリンドも細く震えた声で応じた。

「リデル宰相、魔道具を」

「はい。それでは、この魔道具へ魔力を流します。今から現れるのは、現実と見紛うような記録です。驚くべきものではありますが、目を逸らすことなく、しかと直視していただきたい」

リデル宰相が魔力を流すと、魔道具の一部が突然光り出した。

その光はとても強く、まっすぐに伸びて部屋の壁を照らす。

しばらく壁の一部を四角形に切り取ったように白い光が照らしていたが、その光が突然薄暗くなる。

四角い光の中で、なにかが動いていた。

映し出されていたのは、昨夜、ジェレマイアとロザリンドがいた部屋だ。ちょうどそこへ二人が慌ただしく扉を開け、入ってきたところだった。

ということは、昨夜の罪をここにいる全員になにもかも晒される、ということ。

「…………っ!!」

ジェレマイアとロザリンドと同時に息を呑んだ。

目の前の光景は紛れもなく自らが行ったことであるが、第三者とともに見るには刺激的すぎた。

男女の閨の様子が……本来は隠さなければならないものが映し出されている。

四角形の光が映し出す、まさに今そこで起こっているかのような、生々しく鮮明な光景。

昨夜の愚かな行いを追体験させられるかのようで、ジェレマイアの胸は苦しくなった。

映像の中のジェレマイアとロザリンドは部屋に入るなり激しく口づけを交わしながら、互いの服を脱がしあっていた。

まるで獣のような姿に、場にいる全員が言葉を失う。

もちろん、ジェレマイアもその一人だった。

目の前に映し出されたジェレマイアは、必死にロザリンドを手に入れようとしている。

そんな己の姿を見るのが、今はひどく苦く、恥ずかしい。

昨夜の出来事が何年も前のように遠く感じ、あの庭でロザリンドと会ってから昨夜までの自分が、まるで別人のように感じていた。

ベッドにもつれこんだ二人が、ついに着ていた衣服をすべて脱ぎ去ろうとしたところで光が消えた。

そして、物音一つしない静かな室内。

（レティシアは、どうしてこんなものを……）

恨（うら）めしく思った瞬間、彼女とあの部屋で交わした会話を思い出した。

（……そうか。そういうことかレティシア。私から離れるために、逃げるために、この光景を記録したんだな……）

未婚の令嬢が悲鳴を上げて逃げ出すような場にずっと待機していたのは、紛れもない不貞の証拠を得るため。

（そうか……。そんなことをしてまでも、私の婚約者でいるのが嫌だったたか）

「以上でございます、陛下」

リデル侯爵が魔道具を止めた。その目は爛々（らんらん）と輝き、険しい顔をジェレマイアに向けている。

「ジェレマイア殿下、この光景に心当たりはありますか？」

その声に混じる侮蔑と重い憎悪を感じ取り、氷の手で撫でられたように背筋が凍る。

「心当たりは、ある」

虚言もごまかしも許さないというばかりの刺すような殺気を感じる。

もちろん、迷うことなく肯定した。

先ほどの光景は事実である。

自分の思いが今現在どうであれ、あの光景の中でロザリンドに覆いかぶさっていたのは間違いなくジェレマイアだった。

「ロザリンド、お前もだな」

ロザリンドの父であり、国の宰相でもあるリデル侯爵の断定的な問いかけは、認めること以外の答えを娘であっても許さないだろう。

力なくリデル侯爵を見つめ、ロザリンドが力なくうなずいた。

国王はジェレマイアに深い憐憫をこめた眼差しを向けて言った。

「ジェレマイアとレティシア嬢の婚約は私の権限によりこの時を持って解消とする。それにより、一年後に予定していた二人の婚姻も白紙となる」

「なっ……！　……はい。承知……いたしました」

レティシアとの縁を完全に断ち切るという宣言に、自業自得だとわかっていても怒りが沸き上がり、堪えられず感情のまま大きな声が出た。

そんな身勝手なジェレマイアに、王は刺し貫くような強い視線を向けた。

ここまでの不貞が露呈し、レティシア本人も失踪してしまっている。

もうすべてに同意することしか、ジェレマイアに選択肢はなかった。

(――もう元には戻らない……戻せない)

「ジェレマイアの新たな婚約を、レティシア嬢の妹であるロザリンド嬢と結び直すこととする」

淡々と語られる話は、ジェレマイアの耳にはどこか遠く響いた。

(拒否したい。レティシア以外の人間と婚約するなど)

先ほどの裏切りの現場を見られてしまった以上、拒否することなどできないのはわかっている。

公の場での宣言ではなくとも、国王の言葉は絶対だ。

入室したばかりの時とは違い、父の顔つきはすでに国王のものになっていた。

宰相は喜々として婚約解消と、新たな婚約成立の書類を用意するだろう。

これまでも、事あるごとにジェレマイアとレティシアの婚約に苦い顔を示してきた男だ。

同じ娘ではあるが真面目で誠実なレティシアと、姉の婚約者と不貞を犯すようなロザリンド。

今まで令嬢たちと浮名を流したジェレマイアの振る舞いから考えて、ロザリンドとならうまくやれるだろうくらいに思っているに違いない。

夢の中にいるように、輪郭がぼやけた世界。

それなのに、ジェレマイアの心はたった一つのなにかを求めて叫び続けていた。

あの庭でロザリンドと抱擁を交わした時からずっと見続けていた夢から醒めたら、今度はまた違った悪夢がはじまったようだった。

（これは現実なのか——？　悪夢なのだとしたら、早く目覚めろ。レティシアの失踪も、婚約解消も、その妹との新たな婚約も。夢なら、すべてなかったことにしてくれ）

レティシアというあまりに失いがたい存在を諦めたとして、次の王太子妃を決めるやりとりだというのに、国王と宰相の声には熱も懸念も一切ない。

無言のジェレマイアと、うつむいたままのロザリンドを放置して、話は淡々と進んだ。

その間、王妃だけはずっとロザリンドを見つめていた。

「婚約者となったロザリンド嬢は、明日から妃教育をはじめるように。本来であれば長い年月をかけて念入りに施される最上級教育だが、そんな時間的余裕はない。教育にかけられるのは二年。その二年間で徹底的に教育を受け、及第点を得ることができれば、ジェレマイアと結婚させる——侯爵、それでいいな？」

「はい。仰せの通りお受けいたします。それから——ロザリンド。お前に拒否権はない。お前は何年も次期王太子妃として努力し続けた姉の姿を見ておきながら、その努力を台無しにしたのだ。自分が姉から婚約者を奪った恥知らずだということを肝に銘じて、命を懸ける覚悟で妃教育に励め。泣き言は一切許さん。二度と侯爵家に戻れると思わず、必死に耐えて乗り越えなさい」

リデル侯爵がとても厳しい声でロザリンドに命じた。

「レティシアは、病気療養中ということにいたします。こちらからは捜さないでほしいというレティシアの意を汲み、今はまだ捜索などはいたしません。我々は娘の心を守ることができなかった。

結局的に、責任を放棄し逃げ出したかたちにはなりましたが、これまでの尽力に報いて恩赦をくださいますよう……。お願いいたします、陛下……」

胸の痛みを堪えるような苦悶の表情、唇を強く噛む仕草。

それでも話し続けた侯爵の言葉に、国王は静かにうなずいた。

「責めるつもりは毛頭ない。知らぬ女ではなく近親者に裏切られた気持ちはいかばかりか……。王族に生まれた男は、大勢の女に寵愛を注ぐものとされている。後継を作ることは王族の責任であり、王の寵愛が多ければ、それだけ優秀な後継も生まれる」

そこで王は憂いを吐き出すような重いため息をついた。そしてまた口を開く。

「だが、その中でも禁忌とされることがある。それは王妃の近親者から側室や愛妾を選ぶことだ。それだけは絶対に許されない。一つの家への権力の集中に繋がり、ほかの貴族に不信と不満をもたらすだけではない。王の愛は国を守り、平和をもたらすためのもの。それが血を分けた者同士が寵を求めて争う原因になるなど、あってはならぬことだ。妹が己の婚約者と懇ろになったと知って、レティシア嬢はどれほど辛かったであろうな……。よって——不問とす」

「寛大なご判断に感謝いたします。時が来てレティシアが戻りましたならば、我が領地にて迎えましょう。次こそは本人が望んだ時にのみ、婚約をお受けしようと思います」

「あの魔力は非常に惜しい。惜しすぎる——が……過ぎたことだな。無理強いしてこの国を憎むほどになってしまわれるほうが困る。しかし……なにか国を揺るがすようなことが起きた時は、レティシア嬢に助けを請うかもしれないが、リデル宰相……どうだろうか？」

「はい。その際は私も我が娘も、労を惜しむつもりはございません。無論、娘が無事に戻ることがあれば、ではございますが」

国王は嘆息し……なにかを振り払うかのように左右に頭を振った。

「その時はお願いさせてもらおう。では、婚約解消と新たな婚約、それから妃教育についてはよきに計らうよう」

「承知いたしました。では早急に――」

これからについての話を進める王と宰相の話を、ジェレマイアは静かに聞いていた。

(レティシアとはもう、二度と会えない……ということか)

今さらになって、胸の奥が疼いた。

「ジェレマイアさま……」

喪失感に押し黙っていたジェレマイアに、今では不快を覚える声がかけられた。

うつむいた顔を上げると、ロザリンドがジェレマイアをうかがうように覗き込んでいた。

目が合うと、彼女はふわっと頬を上気させ、瞳に熱が灯る。

ねっとりとした視線がジェレマイアの瞳から唇へ移動する。

ゾワリと背に悪寒が走った。

ロザリンドはなにを語るでもなく、ただジェレマイアを見つめるだけ。

(この娘と……婚約するのだな)

唇を固く引き結ぶと、ジェレマイアはロザリンドの呼びかけに応えることなく顔を逸らした。

その様子を見ていた王妃は、手に持ったままの扇を黙って握り締めた。

「レティシアの代わりがこの娘……」

王妃の心情を吐露したような悲痛な声は小さく、誰の耳にも届くことはなかった。

国王の私室に破廉恥映像を流させた張本人は、国境までのんびり旅を満喫していた。

平民が使う簡素な馬車移動の旅は貴族令嬢として甘やかされたお尻には痛かったが、慣れるしかない。

どうしても耐えられない時は、魔道具で緩衝材かなにかを作ればいい。

(魔道具でなくとも手縫いでクッションを作ってもいいよね。そうすると綿が必要になるけど……どこで手に入るだろう?)

前世では裁縫は得意ではなかったけれど、今世では貴族令嬢の嗜みとして幼い頃から刺繍をさせられていた。王子の婚約者として超一流の講師に教わってきたので、その腕前は折り紙付きだ。

妃教育の一環としてベッドシーツほどもある大きな生地いっぱいに細かな刺繍を施し、絵画のように仕上げる難解な作品を作り上げたこともある。

その腕前を活かせば、クッションだけでなく衣服をつくることもできるだろう。

レナトの服にも新しい服を作ってあげたいところである。

妃教育は血反吐を吐くほどに大変だったが、すべてが無駄になったわけではないと思うと、なにごとも経験して損はないのだろうと今のレティシアには感じられた。

隣国で腰を落ち着けられたら、今まで培ったスキルでいろいろなことに挑戦したい。

レティシアの楽しみがまた増えたのだった。

（楽しみは増えたけどやっぱりお尻は痛いから、手縫いとか言ってないで魔道具でサクッと解決しよう……。魔水晶一つあれば大体どうにかできるスキルがあるんだから、わざわざ苦労しなくてもいいや……）

レナトのためなら手縫いの苦労も厭わないが、自分のことだと思うとやる気が大幅にダウンするレティシアだった。

裏路地でレナトを見つけて保護した時から、こうなることは決まっていたのかもしれない。

前世で子育てをしたことはないが、レナトが自立できるまで育てると腹を括ったレティシアにとって、レナトの面倒を見るのは今まで経験したことのない楽しさと喜びがあった。

「それにしても、またあの男の世話になるとはねえ……」

レナトとしっかり手を繋いで歩きながら、レティシアはこれから会いに行く相手のことを考えていた。

（隣国へ行くときの備えはいろいろ考えていたけど、連れができるのは想定外だったからなあ……）

ひとまず国境を無事に越えられるように、レナトの分の通行証が必要だ。

通行証を得るには、身分証がなければいけない。

前世で言うところの保険証とか免許証とか、どこで生まれてどこに住んでいるのかを証明するものである。

レティシアが生まれたアンストート王国では平民であっても生まれる時に戸籍を登録しなければならない。親は誰で、第何子であるかといった情報を生まれた領地に届け出をするのだ。

だからといって社会保障が厚いというわけでもないようだが、人口の把握や犯罪歴などの照会といった様々なことに利用されるため、国を守るためにとても重要な決まりだった。

孤児の場合でも基本的に孤児院の所属というかたちで戸籍を登録できるので、身寄りがなくとも戸籍を作ることはできる。

だがレナトが孤児院にいたのはわずかな期間だけで、戸籍の登録はまだできていないはずだ。

それにレティシアが助け出した時の悲惨な状態を思うと、名前すらつけられていなかったレナトがまともに戸籍を登録されていたとは思えない。

たとえ登録されていて、そこから身分証が作れたとしても、レナトをあんな目に遭わせた人間と繋がる身分証など願い下げである。

あの場からレナトが消えたことに気づいて捜している可能性も絶対にゼロとは言えないのだ。

もしも見つかって捕まったら、今度はどんなひどいことをされるか想像すらしたくない。

(なんにせよ、通行証と身分証のどちらも必要ね)

なかなかの難題に思えたが、解決する術をすでにレティシアは持っていた。

実は、レナトと出会った日に試した露店商を、レティシアはその後も不定期に続けていた。

老婆の姿で軽口を叩きながら商品を売るのは思ったより楽しく、そんな時にある男と知り合ったのだ。

男はレティシアの魔道具に惚れ込んで、不定期の出店だというのにどこからか聞きつけるのか、かなりの確率で買いに現れた。

何度も会えば仲良くもなる。冒険者か商人かと思っていた男はなかなかいろいろなツテを持っていたらしく、隣国へ渡るための仮の身分証と通行証を、レティシアは作ってもらったのだ。

もちろん、違法である。

その手の稼業を生業（なりわい）とする者がいるなど、生粋（きっすい）の令嬢であったレティシアはもちろん知らなかった。

国境を越えるのに通行証が必要なのは理解していたが、その通行証を発行するため身分が証明できねばならないことまでは思い至らなかった。今まで知る必要もなかったことだ。

もちろん侯爵令嬢としての身分証はある。だが、その身分証で通行証を作れるわけがない。

「私はここにいますよ！」と知らせているようなものだからだ。

そこが逃亡準備をするにあたって一番のネックであった。

前世で読んだライトノベルではギルドで冒険者登録さえすればそれが身分証になる、という作品もあったが、現実は厳しい。

冒険者ギルドはあるが、そこに登録するだけで身分証の代わりにはならないのだという。

もう強硬策として『姿を透明化する魔道具』でも作って強引に国境を越えようか？　とヤケに

なっている時に――運よくそれを可能にしてくれる相手に出会ったのだ。

もちろん、知り合った当初はそんなことができるとは思ってもいなかったのだけど。

「婆さんの魔道具、なかなか評判いいらしいな。婆さん、俺にも売ってくれよ」

開口一番に褒められて気分をよくしたレティシアは、いつもより丁寧に商品を説明した。

男はその中の一つをとても気に入って即購入すると、手に入れた魔道具を眺めてご満悦の様子で帰っていった。

それからも男はレティシアが店を出すたびに現れては、魔道具をいくつも購入してくれた。

ほかよりも手頃な価格設定とはいえ、魔道具というのは元からそこそこ値段が張るものである。

気づけば男は一番のお得意様になっていた。

「婆さんサイコーだよ！　こういうの欲しかったんだ。かゆいところに手が届くって奴？　さすがは年の功だな、いいセンスだぜ」

と、いつもレティシアを褒めちぎって大喜びで帰っていく。

（――口は悪いけどお金持ちなのかな）

いつも大量に購入してくれるのはありがたいが、懐事情は少し心配だなとレティシアは思っていた。

「婆さんがあと四十くらい若けりゃなぁ……皺（しわ）がない顔を想像してみるとよ、婆さんすごい美人だったと思うんだよな」

「……四十歳若くてもアタシはゴメンだね。アンタまた女遊びでオイタしたそうじゃないか。アタシんとこにもアンタに弄ばれたって可哀想な子が来たんだよ。思わせぶりってのが一番ひどいことさね。そんなことばっかやってたら、いつか刺されても知らないよ」

男とは、いつしかそんな軽口を叩き合い説教もできる仲になっていた。

口のうまい男とそうしてポンポン会話をしてるうちに、ある日悩んでいた通行証のことをぺらぺらと喋ってしまったのだった。

隣国に渡って魔道具の商売がしたいこと、だが事情があって身分証明ができず、通行証を発行できないこと。このまま隣国へ行けなければ魔道具の商売を続けるのも難しくなるだろうこと。

男は適度に相槌を打ちつつ、提案してきた。

「婆さん。俺が望む魔道具を作ってくれるなら、その身分証と通行証は俺が用意してやってもいいぞ」

「えっ⁉　本当かいっ⁉」

渡りに船とはこのことだとレティシアは喜んだ。

しかし魔道具の恐ろしさも充分に理解しているため、興奮が落ち着いて冷静さを取り戻すと「どんな魔道具か聞いてから受けるか決める」と男に答えた。

「やっぱ長く生きてるだけあって用心深いなー。まぁいいけどよ。実は――」

用心はしたものの、男が望んだ魔道具は特に危険な代物でもなかったため、即座に「作ってみせるよ！」と交渉成立した。

そして後日、頼まれていた魔道具と引き換えにレティシアは仮の身分証と通行証を手に入れたのだった。

あとは資金を貯めるだけ……と、コツコツと魔道具を作っては商会に卸し、たまに露店を開いて売る生活を続けた。

その合間にレナトの面倒も見つつ、時折レナトを連れて露店で魔道具を売ることもあった。

そしてレティシアは、レナトを連れて男のもとを訪れたのだ。


レティシアと手を繋ぐレナトを見て、男はこう言った。

「その坊主の身分証と通行証を作ってほしい？　……ん？　お前、婆さんの孫じゃなかったのか？　やけに懐いてたからてっきりそうだと思ってたわ。まあ、わけありの婆さんだもんな、孫を連れてるなんておかしかったか」

仮の身分証と通行証のお願いに対する対価はまた魔道具かと思いきや、今度は無償でいいという。

「出国祝いだよ。身分証は婆さんの孫ってことにしておくぞ。そうすれば婆さんと紐付けられるから、子供が国境を越えることにもすぐ許可が降りる。ちゃっちゃと作っちまうから待っててくれ」

と、レティシアとレナトを部屋に置き、男は出かけていった。

タダより高いものはない、と言うけど……

レティシアの胸に一抹の不安がよぎったものの、先ほどの男の真摯な瞳を思い出し、今回は疑うのはやめようと決めた。

ほどなくして男が戻ってくると、ついでに買ってきたらしいお菓子をレナトに渡して「坊主、婆さんを守るんだぞ。仲良くな」と、優しく頭を撫でていた。

（いい人だな……女の敵ではあるけれど）

レナトが嬉しそうにお礼を言うのを聞きながら、レティシアは男の整った顔が笑み崩れるのを見た。子供好きなのかもしれない。

「アタシからもお礼を言うよ。世話になったね、ありがとう。アンタ子供好きならさっさと身を固めなよ」

「婆さん、それは余計なお世話って言うんだぜ。まあ、婆さんがあと四十年ほど若返ってくれたら身を固めてやるよ」

「四十年若返ったら、アンタじゃなくてもっとイイ男を捕まえるよ」

「婆さん、そこはオレだろう？」

男はショックを受けたように胸に手を当て体を揺らす。

「アタシは女にだらしない男は嫌いなんでねぇ」

「……耳が痛いな」

男は決まり悪そうに首の後ろをかくと「婆さん、またこの街に来る時は会いに来てくれよ。達者でな」と寂しそうに笑った。

「この街に来る時は必ず会いに来てやるよ。女遊びの悪癖が続いてたら仕置きの一つでもしてやらんとねぇ」

ふぇふぇふぇ、とレティシアはお婆さんっぽく笑ってみせる。

「その魔女みたいな笑い方、似合いすぎるからやめてくれ」

そんなことがあって二人分の通行証と身分証を手にしたレティシアたちは、後ろ髪を引かれながらも国境近くの街へ向かったのだった。

（レナト、よく寝てる……）

レティシアの腕に寄りかかるようにして、レナトはすぅすぅと寝息を立てていた。

寝顔を見つめていると、目の下に薄い隈があることに気づく。

幼い子供に似つかわしくない隈は、レナトがこのところよく眠れていなかった証拠だろう。

レティシアの胸が、罪悪感にキュッと締めつけられた。

（私がレナトの前から消えようとしていたことに気づいてたのかも。一カ月も面倒を見てたのに、突然孤児院に預けちゃったし……年の近い子供たちがいる孤児院に預けることがレナトにとって最善だと思ってたし、いつか素敵な人たちにもらわれて新しい家族ができたらと考えていたけど……）

けれど、レナトの幸せはレナト自身が決めるべきだったのかもしれない。

「どうしたい？」とレナトの気持ちを聞いて、レティシアにできることやできないことを話し合うべきだった。

（レナトはまだ子供だから、私はどうせ隣国に行くから、って全部決めつけて、可哀想なことし

ちゃったな）

寄りかかられた腕とは逆の腕を伸ばして、サラサラしたレナトの髪をそっと撫でる。

心の中で「ごめんね」と呟いた。

今、レティシアたちは辻馬車に乗って、国境近くの街まで移動している最中だ。

ここまでレティシアを追う者はまだいないし、王太子の婚約者が消えたと噂になっている様子もない。馬車にはレティシアたちのほかにも何組かの乗客が相乗りしている。

見たところおかしな人はいないようだが、安心するのはまだ早いだろう。

だからといって魔道具で結界張るなんて目立つことをするわけにはいかない。

二人とも寝こけてしまうわけにはいかないと、レティシアは気持ちよさそうに眠るレナトに釣られそうになりながら、何度も瞬きをして眠気を耐えた。

（無事に国境近くの街に到着したら、レナトの服を買い足さないと）

旅立つ時に急いで購入したのだが、今日着替えさせてみたら少しきつかったのだ。

店で売っているのはサイズがまちまちな古着ばかりだし、慌てていたからきちんと合っていないものを選んでしまったのだろう。

作ってあげたい気持ちはあるけれど、今は先を急ぐのでそれはもう少し落ち着いてからにする。

明日には街へ到着する予定だ。

街についたら、できるだけ早く手続きをして隣国に渡る。

よさそうな町を決めて、早々に雑貨店を開業するのだ。

自分の能力を活かすなら魔道具の専門店かと思っていたし、そのほうが売上も見込めるだろうが、よく考えたらさすがに目立つだろうから諦めた。幸い、逃亡資金はかなり潤沢に貯まっているので、無理にお金を稼ぐ必要もない。

とはいえ普通の雑貨に加えて小型の魔道具も隅にこっそり並べて、興味を持ってくれた人にだけオーダーメイドの魔道具を作るのもいいだろう。

今はまだ妄想にすぎないけれど、この国を出たらやってみたいことを考えるだけで胸が躍った。

平民向けの安い辻馬車は、野営をしながら何日もかけて長い距離を移動する。

下調べをした時は驚いたけれど、レティシアはしっかり野営に必要な道具を準備していた。

すぐ食べられそうな日持ちする食べ物もいくつかあるが、自炊できるようにたくさん食材を用意した。

今夜はなにを作ってあげようかと思案しながら、眠るレナトの髪を撫で続けた。

辻馬車の旅は、想像していたよりもトラブルなく終わった。

野営する時もはじめは怖かったが、慣れてくるとキャンプにでも来たような気持ちだった。

乗り合わせていた屈強な騎士風の人が率先して見張りをしてくれたのも安心感があって、助かった。その人のおかげでほかの乗客たちも余裕ができていたのだろう。

レナトにもずいぶん優しく接してくれた。あの屈強な肉体には慈愛の精神も宿っていたのだろう。

騎士様には本当に感謝している。

向こうからしたら痩せた老婆と幼い孫の心許ない二人旅に見えただろうから、いろいろ気にかけてくれたのだと思う。

そんな優しい気遣いのお礼にと、旅の間レティシアは何度か手料理を差し入れたのだった。

そうして無事に国境近くの街につき、辻馬車の旅は終了した。

慣れない移動生活で思ったより疲れていたので、まずは街の宿に泊まることにした。

しっかり体を休めてから国境を越える予定に変更だ。

レナトは相変わらずレティシアにべったりだった。

どこへ行くにもついてくるし、夜寝る時もくっついて眠り、まったく離れることはない。

孤児院に置いていこうとした負い目から、レティシアはそんなレナトを注意することなく好きなようにさせていた。

(きっと不安なんだ。レナトからしたら、それまで面倒を見ていたのにある日突然孤児院に連れていって、御役御免とばかりにいなくなったんだから、また置いていかれるじゃないかと怖がっているのかも)

レナトにくっつかれているのは、レティシアにとっても悪いことではなかった。

本来は一人で迎えるはずだった寂しい夜も、今は温かなぬくもりを隣に感じている。

その温かさと久々の柔らかいベッド、それに野営時の睡眠不足も手伝って、軽く朝寝坊してしまうほどによく眠れたのだった。

——いよいよ今日、国境を越える。

少し遅めの朝を迎えたレティシアたちは急いで身支度を済ませ、はやる気持ちを胸に宿を出た。

まずはレナトの服を買おうと、宿近くの服屋に入った。

「ボク、今の服で大丈夫だよ」

何度も遠慮するレナトを「買うのが楽しいんだよ」と宥めつつ、着せ替え人形のように次々と着せては購入していった。

いつもレティシアの体にくっついているので、顔よりも旋毛を見ていることのほうが多かったけれど、こうして綺麗な服を着せて汚れのない顔をじっくり見てみると、レナトはとても整った顔をしているのを再認識する。

美しいことは良いことだけではない。目を惹くということは、それだけ目立つということだ。

出会った時の重い枷をつけられていた姿を思い出して、背筋がゾクリとする。

またよからぬことを企む者が現れて、レナトを攫おうとするかもしれない。

(ただでさえ老人と幼い孫という非力な組み合わせに見えるのだから、もっと気をつけないと)

「レナトや、もう買い物は済んだからね。いよいよ国境に向かうとしようか。国境を越えれば、そこは隣国ステーフマンス王国だからねえ。初めて行く場所だから、慣れないうちはとっても危険だ。

だからレナト、ばぁばのそばを絶対に離れないようにするんだよ」

国境へ向かう辻馬車乗り場へ向かいながら、しっかりレナトに言い聞かせる。

「……ボク、ばぁばのそばを絶対に離れない。もうばぁばと会えなくなるのは嫌だ」

レナトは何度も上下に首を振ると、急にジワッと涙目になった。

(——ああ！　泣かせたいわけじゃないのに)

慌ててレナトを抱き寄せ、小さな背中を何度もさする。

「もう絶対に一人になんてさせないよ。ばぁばが悪かった。レナトを助けた時からずっとどこにもやらずに一緒にいるべきだったんだ。もう二度と置いていったりしないから、安心しておくれ」

レナトがもう不安がることのないように、聞き間違うことのないように、そして、言い聞かせるようにゆっくりと話した。

「ボクは二度とばぁばのそばを離れない。ずっとずっと一緒にいる。ね、ばぁば」

「うんうん、ずっとばぁばとレナトは一緒だよ」

——いつか、レナトが一人で巣立っていく日まで。

レティシアは、レナトの手をギュッと握る。

隣国への国境に向かって、しっかり手を繋いでまた歩き出した。

「ねぇ、ばぁば。なんでばぁばはみんなから婆さんって呼ばれてるの？　ばぁばは、婆さんって名前じゃなくて、ばぁばだよね？　ばぁばは、優しくて可愛くて、とっても素敵な、ばぁばだよ。婆さんなんかじゃないよ」

　歩きながら、ふと思いついたようにレナトが言った。

　何回ばぁばと言われるのかと。

　それにしても一生懸命伝えてくるレナトの可愛いこと。そんな姿にレティシアは思わず頬がゆるゆると、口元もニマニマだらしなくなる。

「そうさねぇ……見た目だけだと、レナトのばぁばはお婆ちゃんだからね。ばぁばの名前を知らない人たちは、婆さんって言うしかないのじゃないかねえ。ばぁばは、レナトだけにばぁばって可愛く呼ばれたいから、ほかのみんなからは婆さんでいいのさ」

「え……そうだったの？　ばぁばはボクだけ……？　すごく嬉しいよ！　じゃあ、ばぁばって呼ぶのはずーっとボクだけね！」

（――レナトにはこう言ったけれど、本当の姿は老女じゃないからさ……ずっとばぁばって呼ばれるのも微妙だなぁ）

　レナトがいつもそばにいるため、ほかに人目のないところでも常に老女の姿でいるレティシア。魔法を維持するために常に魔力を魔法石に送っているのだけど、隠蔽(いんぺい)魔法が切れるようすがないので実はとても驚いていた。

　隠蔽(いんぺい)魔法を維持するのに消費する魔力量が少ないのだろうか。それとも、レティシアが保有する魔力量がとんでもない量なのか。

　ほかに考えられるとすれば、レティシアの魔力回復速度がとんでもなく早いということもあるかもしれない。

隣国について落ち着いたら、ほとんど未知な自分の能力ともじっくりと向き合ったほうがいいだろう。

「レナトは、ばぁばのこの姿が仮の姿だったらどうするかい？　嫌になってしまうかい？」

秘密にし続けていることを思い、つい不安になって聞いてみる。

「ううん！　ばぁばがどんなばぁばでも、ボクはずっと大切にするし、ずっと大好きだよ！」

(これはイケメンに言われたい台詞だわ……)

幼子に言われるのも悪い気はしないけれど、まるで恋愛小説に登場する溺愛系イケメンの言葉である。

(レナトの年齢ってまだ一桁だろうしな……ドキドキよりもほっこりポカポカとした気持ちになるよねえ)

かといって、別に隣国で恋人を作るつもりは毛頭ない。

そういう色恋だなんだは、いつか両親のもとに帰ってしっかり謝罪ができてから考えるべきことだとレティシアは思っている。

「だから、いつだってなんでもボクに話してね。ボクもなんでもばぁばに話すよ！」

無邪気なレナトの言葉に、見た目婆さんだが十五歳の乙女心は年の差があってもキュンとした。

「ばぁばもレナトが大好きだよ」

頬を染めながら明るく笑うレナトがあまりに可愛くて、ついわしゃわしゃと髪を撫でる。

「うん、ボクも。……ばぁば、そんなに撫でたら髪に火がついちゃうよ～」

キャッキャとはしゃぎながら、じゃれつくように可愛い抵抗をするレナト。

(なんて平和で幸せな時間なんだろう。……逃げ出して、本当によかった)

レティシアはしみじみと思うのだった。


隣国行きの辻馬車乗り場に到着したレティシアたちは、手続きを済ませて辻馬車に乗り込んだ。

まだ、自分の本当の姿をレナトに打ち明けるつもりはなかった。

――まずは無事に隣国について、腰を落ち着けてから話そう。

そう思っていたのだが、先ほどの会話でそこまで大げさにしなくてもいいのではないかと思いはじめていた。

レナトを騙すつもりはなかったけれど、結果的に騙したままになっている。

ただでさえと負い目を感じていたところに、このことも加わると、罪悪感もひとしおだった。

(でも、レナトは『どんな私でも好き』だと言ってくれた)

もちろん、レナトはレティシアが魔法でお婆さんの姿になっているとわかってあのように言ってくれたわけではないだろう。

それでも、あの言葉はレティシアが深刻に考えすぎていたのだと気づかせてくれた。

だから今、レナトに自分の本当の姿を打ち明けるタイミングを見計らっているのだった。

ガタゴトと音を立て、辻馬車が走り出した。

レティシアは、見たこともない隣国へ思い馳せる。

妃教育の賜物で、周辺諸国の情勢はバッチリ頭に入っている。

だから、隣国がどのような国であるかも知識でだけは知っていた。

隣国ステーフマンスは、争いを嫌う穏やかな気風の国だと学んだ。

アンストート王国と諍いが生じることを懸念し、早くから同盟を提案してきた国だ。

その同盟は何年も穏やかな関係を続け、やがてステーフマンス王国からアンストート王国へ王女が嫁いだのをきっかけとして、その関係はさらに確固たるものとなったのだという。

これから足を踏み入れる新しい世界がどんな場所なのか。

期待に胸を膨らませるレティシアを乗せて、馬車はガタゴトと走り続けた。

——馬車に揺られること数時間。とうとう国境に到着した。

アンストートの国境警備兵が通行証を確認するために、乗客全員が辻馬車を出て一列に並ぶ。

「通行証に不備なし。我が国からの出国を許可する」

レティシアとレナトの分の通行証をくまなく確認した兵士がそう言った時、レティシアは両腕を突き上げて喜びたい気持ちを懸命に抑えていた。

レナトの手前、『やった！　私はやってやったのよ！』と叫び出したいのを堪えて、お婆さんらしい落ち着きと品格を保つべく心を落ち着けた。

それでなくとも、アンストート王国を出るまで油断は禁物だ。変装しているとはいえどこで怪しまれるかわからない。

レナトのほうはというと、幼い子供らしく新しい場所に向かう許可が出たことにキャッキャとはしゃぐかと思っていたが、レティシアの隣で静かに佇んでいた。

もちろん、ピッタリとレティシアにくっついてはいたが。

騒ぐこともなく、ただ瞳だけが嬉しさを表すようにキラキラと輝いている。

(子供ながらに注目を集めないようにしてるのだろうか?)

レティシアとしては目立たないことはありがたいし、体調が悪いわけなさそうなので問題はないが、まるで旅慣れた大人のような静かな態度を見ていると、少し不思議な気持ちになった。

辻馬車に戻り、出発を待つ。

貴族令嬢でも、王子の婚約者でもない。ただのレティシア。

正確にいうと現在は老婆の姿のレティシアである。

こんな人生を歩むことになるだなんて、想像したことすらなかった。

一年後、レティシアとの婚姻を結ぶ予定であったジェレマイア。

婚姻とともに立太子する予定であった彼を、王太子妃となったレティシアが支えることは、長く辛い教育を耐えたレティシアにとっては悪いことではなかったかもしれない。

王妃となって国のために尽くすことが、あのレティシアには本望だっただろう。

（でもあの日、我が家の庭で妹とキスしていたジェレマイア様を、見てしまった）

あの瞬間、立派な妃になることを目指していたレティシアはすべてを諦めた。

『もういいか』と、レティシアであることをやめたのだろう。

そして、前世の私が出てきた。

（あのレティシアが私の中に残っているなら、今この瞬間のことをどう思っているだろう）

妃として強く賢くあらねばならないと自分の限界を超えてまで頑張っていたレティシアが、その気持ちから解放されていればいいと思う。

（あの時のレティシアとは違う私。私の幸せは、私が決める）

これからなにが待ち受けていたとしても、後悔だけはしないと誓うレティシアだった。

第三章

馬車は国境を越え、ステーフマンス王国に入った。

新しい生活を想像して、レティシアの胸は期待に弾む。

レナトとともに辻馬車の中で並んで座りながら、レティシアはうきうきと到着を待った。

今向かっているステーフマンス王国側の国境に近い街は行商が盛んで、賑やかな場所だという。

辻馬車が止まり、目的地にたどりついた。

馬車を降りたレティシアは、レナトの手を引いて街を歩く。

賑やかで雰囲気のいいところだが、この街はアンストート王国から近すぎる。

いずれこの国で自分の店を開くといっても、この街ではないだろう。

とはいえせっかく来たのだから、まずはゆっくり見てまわりたい。

「おいしいものがあるといいねえ」

食べ物のことを話すレティシアに、レナトは目をキラキラさせて「うん！」と元気よく返事をした。

旅をしながら寄る街で、おいしい食べ物を見つけること。

それは二人にとって、もしかすると一番魅力的な道楽といえるかもしれない。

侯爵令嬢として妃教育に追われる日々は毎日が慌ただしく、王子との婚約が決まってからはリデル侯爵家の領地をまわることすらほとんどできていなかった。

休む暇のない妃教育。

休みがあったとしても、その時間は社交にあてられた。

高位貴族が集まる催しがあれば積極的に参加して顔を売らなければならないし、縁を作っておくべき家に招かれれば教育の予定をねじ曲げてでも向かう必要があった。

もちろん、最優先は王妃のお茶会である。

お茶会に出席すると、王妃はレティシアに有力貴族の夫人たちを商会した。

すると今度はその夫人たちが主催するそれぞれのお茶会へも参加しなくてはならない。

そこで各家の令嬢令息と引き合わされ、次代同士の交流を円滑に進めるよう取り計らってもらうのだ。それはもはや妃教育の一環として位置づけられていた。

もちろん、派閥（はばつ）などデリケートな問題もあるため、その関係性も考慮しつつ偏りがないように、レティシアが参加するお茶会の回数が振り分けられる。

その日はこの派閥（はばつ）、別の日はこちらの派閥（はばつ）の……と、繊細な配慮（はいりょ）が求められるのだ。

王妃様主催のお茶会では、必ずジェレマイア王子がレティシアのエスコートをすると決められている。しかしそこで主に交流するのは、ほとんどがレティシアの役目だった。

王子はエスコートを担当するが、それ以上のことはしない。

この王子が参加するお茶会が、レティシアはあまり好きではなかった。

正直、面倒なのだ。

女ったらしのジェレマイアは、吐いて捨てるほど大量に浮名を流している。

貴族女性にとって噂話とは社交の基本であり、唯一と言ってもいいほどの楽しみだ。

それがお茶会の場に集まるとなれば。

――あとは推して知るべしである。

王妃様のお茶会へ参加するたびに、レティシアは知りたくもないジェレマイア王子の女性遍歴を親切に教えられた。

男女のあれこれを知らぬ幼い頃は「王子様って、やっぱり大変な人気なのね」と気楽に捉えていたのだが。

それも年齢を重ねていくにつれ、あの親切めいたそぶりで教えられたのが『体の関係あり』というふしだらな話だったと思い至る。

幼い少女にそんなことを吹き込むほどの大変親切な気遣いをしてくれた夫人たちの本心は、自分たちの娘を王子に嫁がせたかったという恨み辛みだ。

そんな親切な告げ口を様々な高位貴族の奥様方から詳細に報告されていれば、多感な少女が抱く婚約者へ評価は最底辺になっていくのも仕方がない。

すでに国を出て自由になった身だというのに、ふとしたことで侯爵令嬢時代の苦い記憶がよみがえってくる。

それでも今、そんな面倒なことのすべてから解放されて、気分は爽快だ。

ただ、残念なのは王妃のこと。

ジェレマイア王子はともかく、レティシアは王妃のことが実の母と同じくらい大好きだった。

（会えることならまたお会いしたい……。もし国に戻っても平民として生きていくなら、遠くから眺めることだけしかできないかもしれないけれど）

とても大切にしてもらったし、大事にしてもらった。

ジェレマイア王子にはさんざん軽んじられたが、王妃様はそれを補って余りあるくらい尊重してくれた。

王子の女遊びのことに対しても、厳しく説教をしていたと聞いたこともある。

それも説教をするたびに余計にひどくなっていったせいで、とうとうなにも言わなくなってしまったようだけど。

妃教育は辛かったし、王子に対する淡い憧れが消えた頃から、逃げ出したいと思ったことは一度や二度ではない。それでも厳しい授業の後はいつも王妃様がお茶の時間を設けてくれた。

それは、とても素敵な時間だった。

（鞭の後の飴……王妃というのは調教師としても一流なのかしら）

今頃はロザリンドが王妃からの教育を受けているのだろうか。

王妃となるための教育は、ただの貴族令嬢が受ける淑女教育とはまったく次元が違う。

ロザリンドも大変だろう。

――だけど私が妃教育でどれだけ大変な思いをしてきたか間近で見てきたんだもの。わかった上で奪ったのなら、頑張ってくれるといいけれど。

半端なことをしたら両親や兄、家に迷惑がかかるのだと胆に銘じてもらわないと。

ロザリンドは末妹だからといって特別甘やかされたわけでもなく、両親はきょうだいたちと同じように厳しく優しく育ててきたはずだ。

レティシアの妃教育が開始される九歳まで、よく一緒に遊んでいたロザリンド。

大人しくて恥ずかしがり屋で、いつも兄やレティシアの後を「待って待って」と追いかけてくるような子だった。

（――昔は人見知りで、あんな大胆なことができるような子じゃなかったのに）

妃教育が忙しくなるにつれ、妹との時間は家族がそろう晩餐の時以外ほとんどなくなってしまった。交友関係は両親が把握してるだろうから、よからぬ人と繋がって悪い影響を受けた……ということはないと思うが。

あの大人しくて純粋だった子が、姉の婚約者を奪うような大それたことをしでかすとは。

倫理観の欠如だけではない、家の醜聞や不利益に繋がると想像が及ばないほどの浅はかな行為だ。

それとも、すべて理解した上でそれでもどうしても抑えきれないほどに、ジェレマイア王子を愛してしまったのか。

レティシアは別にロザリンドのことを嫌っているわけではない。

裏切りを知ってとても傷ついたし、そのせいで今世のレティシアが消えて身代わりのように前世の記憶がよみがえったほどにはショックだったけれど、今となってはそれも時間とともに癒える傷だと思えた。

今のレティシアにとって、浮気王子などどうでもよかった。

むしろ不良債権をもらってくれてありがたいとロザリンドに感謝する気持ちすらある。

本来ならば、自分の家族の婚約者に手を出すなど信じられない話だが。

（まぁ前世でもその信じられないことをされたわけだけども……）

前世でも同じように婚約者を妹に奪われたレティシア。

因果は巡るというけれど、嫌な因果である。もう二度とないよう断ち切りたい。

リデル侯爵家を後にする時、レティシアは妹にだけ手紙を残さなかった。

そうすることで、自分がとても腹を立てているのだと気づいてほしかったのだ
「ばぁば、ちょっと痛い……」

「ごめんね、痛かったかい？　よしよし」

思わず手を強く握ってしまったらしい。慌ててレナトの手を撫でた。

無事ステーフマンスに到着して気がゆるんだからか、嫌なことを思い出してしまった。

もうすでに終わったことだと思おうとしても、十五年近く生きたレティシアの記憶はふとした瞬間によみがえり、味わった悲しみや怒り、絶望は今も生々しく心を傷つける。

これではせっかくの楽しい旅が楽しくなくなってしまいそうだ。

「ばぁば、あっちからいい匂いがするよ」

そんなレティシアの気持ちを知ってか知らずか、レナトが左を指さした。

スンスンと鼻を動かすと、確かに肉の焼ける香ばしい香りが漂っている。

「ああ、本当だねえ。よし、探しに行ってみようかね」

「うんっ」

レティシアはレナトの手を引き、心惹かれる香りをたどった。

レナトと二人で香りをたどるうちに、いつの間にか足取りは軽く、弾むようになっていた。

たどりついたのは、串焼きの店だ。

見るからに食べ応えのありそうな大ぶりの肉が串に四つも刺してあり、今まさに焼き上がるというところだった。

「おっ！　そこの婆さん、一本どうだい？」

「それじゃあいただくとするかねえ。この子の分も頼むよ」

代金を支払い、レナトの分と合わせて二本の串焼きを受け取る。

（んーーーっ！　おいしい！　このタレの隠し味は蜂蜜と香草ね。この世界では蜂蜜は高価なはずだけど、庶民にも手が出る価格に抑えているだなんて素晴らしい営業努力だわ！　この香草はなんだろう、どこかで食べたことある香りなんだけど……）

食べながら、なにが使われているかを想像するのも食の楽しみの一つだ。

「おいしいねえ、レナト」

「んっ、おいしー！」

たっぷりタレをつけて香ばしく焼いた串焼きは、ものすごくおいしい。

肉が大きいのでレナトの小さな歯で噛みちぎるのはとても大変そうだけれど、必死にもきゅもきゅ食べる姿がかえって愛らしい。

レティシアの頬はずっとゆるみっぱなしである。

「もう少し食べたいところだけど、ほかにもいろいろ食べたいから我慢するとするかね。おいしいものはまだまだありそうだ。探す楽しみがあるというのはいいもんだよ」

「ん！　いろんなのたのしみだね、ばあば！」

「これレナト、喋るのはきちんと食べきってからだよ」

たしなめながらも、レティシアは元気よく同意したレナトの頭を思わず撫でる。

最近ではことあるごとにレナトを撫でるのが癖になっていた。それだけ愛くるしいのだ。

旅をするには、まず泊まる場所の確保が最優先だ。

街についたレティシアとレナトはまず宿を探し、荷物を置いて身軽になったその後で、食べ歩きに精を出したのだった。

この街ではカットフルーツだったりフルーツジュースだったりと、フルーツを使った店を多く見つけた。

行商が盛んな街なので、遠い土地でしか栽培されない珍しいフルーツもたくさん流通しているのかもしれない。

心も胃袋も大満足になった二人は、手を繋いで宿へ戻った。

おいしいものを食べた後の余韻に浸りながら、レナトの歩調に合わせて歩いていると、ずっとずっと昔からこうして歩いてきたような気がした。

昔から知っていたような懐かしさを覚えて、レティシアは自分の横にぴったりくっついて歩くレナトを見た。

好奇心にキラキラ輝く瞳と、下がることを忘れたように上がった口角が、楽しくて仕方がないとレティシアに伝えてくる。

レティシアのほうも、あまりの楽しさに口角が上がりっぱなしである。

似たもの同士の二人だ。

（この子と家族になるなんて、助けた時には想像もつかなかったな）

だが、今はこうしてともにいるのが当たり前のように馴染んでいる。

繋いだ手が離れたりしないよう、レティシアはギュッとレナトの手を握ったのだった。


宿への帰り道、繋いでいた手をキュッと引っ張られた。

「――うん？　どうしたんだい、レナト」

振り返ると、レナトがなにかをジッと見つめたまま立ち止まっていた。

レティシアの質問にも気づいていないようだ。

なにに気を取られているのだろうと、レナトの目線を追う。

視線の先は、地面に敷物を敷いて商品を並べた、露店だった。

少し距離があるのではっきりと判別できたわけではないが、見たところ並んでるのは、魔道具ではないだろうか。

(――私と同じようにものを売る人を見て気になったのかな?)

「なにか気になるものでもあるのかい?」

「ん、ばぁばとおなじ」

「そうだねえ、ばぁばと同じようだ。あの人はなにを売ってるんだろうねえ? ちょっとだけなら、なにを売ってるか見に行ってもいいさね」

その言葉に、レナトの表情がパッと明るくなる。

「いいの!? 行きたい!」

「ふふっ、いいよ。じゃあ寄っていこうかね」

レナトが見ていた露店へ足を向ける。

敷物の上は商品がところせましと載せられていた。

(ここにある半分は多分魔道具だ。あとはアクセサリー系とか、雑貨系かな……)

見たところ魔道具は、一般的に見るものよりも小さいサイズのものばかりが並んでいる。レティシアの経験上魔道具の小型化はなかなか難しいはずなので、腕のいい魔道具師の店なのだろう。

アクセサリーは種類があるが、とくに目を惹いたのはピアスだ。小さな花がいくつも連なったものや、小さな宝石を銀細工で囲んだだけのシンプルなものなど、その一つ一つが繊細な細工で、大変レティシア好みだった。

（可愛いなぁ……いくつか買っていこう！）

今は老婆の姿だが、本来のレティシアはデビュタントを目前に控えていた身。

逃亡生活中は着飾る機会などないが、装飾品は眺めるだけでも楽しいものだ。

アクセサリーだけでなく、並んでいる魔道具も美しい見た目のものばかりだ。

レティシアが作る魔道具は性能を最優先にしているので、見た目にはこだわりがない。

ここの商品は……というか、ほかの魔道具師がどのように魔道具を作っているかレティシアは知らないが、魔道具の中にさらに魔水晶を埋め込んであり、いかにも神秘的に見えた。

（この魔道具、一見木彫りの箱って感じだけど蓋の中央に魔水晶が埋め込んである。……これは、なんの魔道具なんだろう？）

じっと見てみるが想像もつかない。

レナトはなにに興味があるだろうかと目を向けてみる。

レナトの目線の先にはイヤリングやピアス、指輪やブレスレットなどの装身具だった。

レティシアの視線が自分に向いたのに気づいたのか「ばぁば、とってもキレイだね。これ」と、いろいろ並んでいるうちの一つ、ピアス型魔道具を指差してレナトが言う。

「どれどれ……」

（おお、可愛いピアスだ。なかなか趣味がいい）

露店の商人の説明を聞くと、このピアスは、魔法石を使用しているそうで、装着することで防御の魔法を付与するものらしい。

魔法自体はあまり高度なものではないけれど、装着するだけで自動的に発動するという便利な仕様らしい。少し値段は高めでも、非力な人が身を守るにはうってつけだ。

こういう魔法の効果がついたアクセサリーはゲームやラノベの定番装備だが、すっかり忘れていた。こういう発想はこれまでのレティシアにはなかったから、勉強になる。

ふと、紫色の魔法石がついたピアスが目に留まった。花を模したかたちの細工が可愛らしい。

この石の色は、本来のレティシアの瞳とよく似ている。

その石をキラキラした目で見つめるレナト。

「これが欲しいのかい？」

「えっ……？　う、ううん。キレイだなあって思っただけ」

そう言いながらも目が泳いでいる。

(これは多分、遠慮してるなあ)

「大丈夫。この国に来る前にたんまりお金を用意しておいたんだ。旅をしながらでも仕事はするしね。子供が遠慮なんてするもんじゃないよ。ばぁばは遠慮されるよりレナトが喜ぶ顔が見たいね。欲しいのかい？」

「…………欲しいっ！」

レティシアの話を聞いていたレナトは、即答した。

「ははは、素直が一番さねぇ。ばぁばは、レナトが素直なほうがずっと嬉しいんだよ」

レナトの頭をよしよしと撫でる。

「それじゃあ、これとこれいただくよ」

紫色のピアスと、その隣にあった黒いピアスも選ぶ。

レナトが黒いピアスを指さしたレティシアを見て「あ……」と声を漏らした。

目を丸くしたレナトの表情にふふっと笑い声が漏れた。

目を合わせて微笑みかけると、レナトはうなずいて嬉しそうに破顔した。

「守りの魔法を付与したピアスが二つだね。毎度あり！」

なかなかの値段のアイテムを二つも購入したレティシアに、商人の声も弾む。

（魔法石を装身具に加工すると、魔法を付与って言い方になるのかな？　それにしても魔法石なら発動するのに魔力が必要だと思うだけど、勝手に魔力を吸って発動する、とかなのかなあ？　ちゃんと勉強してこなかったからわからないや……でも、試してみたら私でも作れたりするかも）

自分ならどんな商品を作ろうかと、アイディアが次々浮かぶ。

代金を支払って商品を受け取ると、紫色のピアスをレナトに渡した。

レナトはそれを両手で包み込むようにして、それから大切そうに胸に押し当てた。

「ありがとう!!　ばぁば!!」

「後で宿に戻ったら、つけてあげようねえ」

浮かれてはぐれてしまわないように、レナトの片手を取りキュッと繋ぐ。

スキップしそうなレナトを連れて、宿への道を急ぎ足で進んだ。

道草したため、指定されていた夕食の時間に遅れそうなのだ。

あまり遅くなると宿につく頃には人気メニューが売り切れてしまうかもしれない。

おいしいものに貪欲(どんよく)なレティシアは、老婆とは思えない足取りで宿へ急いだのだった。

アンストート王国の王子ジェレマイアとリデル侯爵令嬢レティシアとの婚約が解消となり、代わりにその妹であるロザリンドと婚約を結び直すことになったことが公式に発表された。

そのことで、王国の重鎮たちが王宮に召集された。

レティシアがいなくなったことで、国家予算の大幅な見直しが必要となったからだ。

アンストート王国は、国土を隅々まで覆う巨大な結界によって守られている。

他国の侵略を防ぎ、危険な獣などの被害も最小限に抑えられるだけでなく、安定した天候や作物の健やかな成長すら、この結界があることで保たれているのだ。

それを維持しているのは、王宮の地下に設置された巨大な魔水晶だ。

結界魔法が込められているので正確には魔法石と呼んだほうが正しいのかもしれないが、なぜかどれだけ魔力を込めても色や形にまったく変化がないことから、魔水晶と呼ばれている。

この魔水晶は国を存続させるために欠かせない、あまりにも重要なものであることから、国内でも一部の人間にしかその存在を知られておらず、厳重に保管されていた。

結界を維持するためには魔力が必要だ。

国を覆うほどの結界魔法ともなると大量の、それでいて非常に純度の高い魔力がいる。

アンストート王家はこれまで結界を維持するために、莫大な額をかけて魔力を買っていた。

結界魔法を維持するに足るだけの魔力を貯めた大きな魔法石を、特殊なルートから仕入れていたのだ。その金額は一年間の国家予算の半分に匹敵するほどである。

国を守るために必要不可欠なものとはいえ、その出費は大きく、長年アンストート王家を悩ませてきた問題だった。

そこに現れたのがレティシアだ。

彼女は莫大な量の魔力を持ち、しかもその純度は類を見ないほど高いものだった。

あの純度であれば、結界維持のために購入している魔法石の魔力の半分ほどで足るだろうと思われた。

レティシアが王太子妃となったら真実を明かし、定期的に魔水晶へ魔力を注入する役割を任せる――そのつもりだったのだ。

しかし、ジェレマイア王子とレティシアの結婚が望めなくなった今、もう彼女をあてにすることはできない。

正式な婚姻を結ぶまでレティシアにそのことを知らせずにいたのは、事の重大さを恐れて逃げ出すのを防ぐためであったが、婚姻前にこの大役を任せるわけにはいかないという事情もあった。

国の全土を覆うほどの結界魔法を維持するだけの大量の魔力供給となれば、成長期の体にどれだけの負担がかかるかわからない。

レティシアのような逸材が次にいつ現れるかわからない以上は大切にしなければならない。

その状態でよく王家がレティシアを手放したものだと貴族たちは呆れたが、王子側の大きな非によってレティシアが逃亡したことから、これ以上彼女の意思を蔑ろにしてこの国を完全に見捨てられてしまうわけにはいかないというのが国王の考えだった。

それに、そんなことになれば強行すれば現宰相であるリデル侯爵までも家当主が王国から離反する恐れがある。

すべて失うくらいならとリデル侯爵家に残されたロザリンドと婚約を結び直したが、レティシアに頼れるならばもう必要がないと思っていた結界維持のため予算問題が再び浮上してきたということであった。

数年後までの予算計画を根底から見直す必要がある話だ。

愛する娘レティシアのための行動とはいえ、宰相であるリデル侯爵もほかの重鎮たちと同じく、それには頭を悩ませるのであった。

◇◆◇

王宮から侯爵邸へ戻ったロザリンドは出迎えの使用人に目もくれず、まっすぐに自分の私室へ移動した。

扉を乱暴に閉め、ドサリと大きな音を立ててソファに座る。

到底、淑女にふさわしくない振る舞いだ。

顔を怒りに醜く歪ませて、手にした扇がギシギシと軋むほど強く握り締める。

「なんなのよ……っっ!!」

今日は妃教育の二日目だった。

初日は、妃教育を新たにはじめるロザリンドと担当する講師たちの顔合わせと、妃教育の内容の説明や、これからの日程を決めるなどの準備に終始した。

そして二日目の今日。

この日こそ本格的な教育のはじまりだった。

さんざんな思いをさせられて、ロザリンドは今怒り心頭なのである。

レティシアが五年かけたものを、二年で終わらせなければならない。余裕がないどころかあまりにも時間が足りなかった。

レティシアは毎日王宮で妃教育を受けていたはずだった――が、しっかりと学び身につけることに全力を傾けていたのは実は午前中のみで、午後には王妃と昼食をともにしその後は気分転換と称して優雅にお茶をしていたらしいのである。

だというのにロザリンドは毎日午前も午後も授業の予定をみっちり組まれて、息をつく暇など微塵もない。

もちろん昼になれば昼食は取るが、レティシアのように王妃とともにではない。

マナー講師と同席での食事はそれすらも授業の一環で、食器一つ手に持つのにさえ叱責が飛ぶような緊張感の漂うものだった。

王妃のロザリンドへの対応はどういうことなのか。

レティシアとの扱いがあまりにも違うのではないか。

確かにたった二年しか期間がなく、毎日一日中学び続けても間に合うかどうかというスケジュールだ。時間がないのは本当にどうしようもない事実なのだろう。

ジェレマイアはロザリンドとの婚姻の前に立太子されることとなった。

もともとは一年後に予定されていたレティシアとの婚姻と同時にという話だったが、一年後にロザリンドとの結婚など到底無理なため、立太子だけ先に行うことになったのだ。

立太子した王子に正式な伴侶がいない状態が続くのは年齢からしてもよろしくないということで、少しでも早く教育を終えるべくロザリンドの講師陣のプレッシャーは増すのである。

すべてにおいて余裕がない……そうだとしても、レティシアは王妃じきじきに教育を施してもらった部分もあったと聞いた。

もちろん多岐(たき)に渡る妃教育のすべて王妃が教えられるわけではない。専門的な内容のことは、一流の学者たちをはじめとした講師陣の担当だ。

だがそんな時でも、王妃は時間が許す限り付き添っていたらしいのだ。

王妃がレティシアを我が子のように可愛がっていたことは周知の事実であり、その後釜に座ったロザリンドを見る周囲の目は冷たかった。

そんな状況で、ロザリンドの妃教育ははじまったのだ。

まずはアンストート王国の貴族名鑑を渡され、すべて覚えるようにと言われた。

王妃たるもの、国内にいるすべての貴族の名と顔が一致していなければならない。絵師に描かせた姿絵を見ながら、顔と名前を覚える必要があった。

暗記する時間は一時間ほどだった。

「今から絵を一枚ずつ渡します。それを見て、家名と当主名を答えてください。……まずは五十名ほど」

当然のようにそう指示され、人数の多さにロザリンドは思わず唖然とした。

「あの、今日が初授業なのですから……もう少しお手柔らかに、もっと少ない人数からではいけませんか？」

なるべく丁寧に、下手に出ながらお願いをしたロザリンドに対して講師はニコリともせず「レティシア様は六十名をあっさり覚えておりました」と呟いた。

ロザリンドは自分の頭にカッと血が上るのがわかった。

レティシアのほうが優秀だと、このいけ好かない講師は言いたいらしい。

講師の話はまったくありえないと思う。たった一時間で六十名なんて覚えられるわけがない。

きっとこの講師はレティシアが王妃のお気に入りだからと、大げさに数を盛ったのだろう。

だがここで怒りのままに癇癪を起こして「婚約者として失格です」などと王妃に報告されては困る。

「わかりました……頑張りますわ」

ロザリンドは目を潤ませて、情けを誘うように答えるに留めた。

もちろん結果はさんざんで。十名を覚えるのがやっとだった。

そうして講師たちのみならず王宮の誰も彼もからさんざんに嫌味のような言葉を向けられて、悔しさを堪えて帰宅したのだ。

あまりの屈辱に涙が出そうだった。

こうなったら母に切々と不満を訴えて、どうにかするよう父に口添えしてもらえないかと頼むしかない——そう思い、母の居場所を執事に尋ねた。

今日は珍しく父が王宮から早く帰宅しているようで、母は父の執務室にいるという。

真剣な話をしているようなので一度うかがいを立ててから向かうべきだという執事を片手を振って下がらせると、ロザリンドは忠告を無視してそのまま父の執務室へ向かった。

そして扉の前に立ったロザリンドは、中から漏れ聞こえる会話を聞いてしまった。

王宮の地下に秘められた、魔水晶の存在。

国を守っていくためには必要不可欠な結界が、その魔水晶によってもたらされているということ。

結界を維持するためにはとてつもない魔力が必要で、国家予算の半分ほどを費やす必要があること。

そしてその魔力の供給は、王太子妃となったレティシアが担うはずだった役割なのだと——

話を聞いたロザリンドは、呆然と立ち尽くしていた。

レティシアがいなくなってしまった今、その代わりとなったロザリンドにも、同じ役割を求められるのではないか。だがロザリンドの魔力ではそこまでの量も純度も望めないだろう。

それでもやれ、と言われたら、断ることなどできる気がしなかった。

ロザリンドがレティシアからジェレマイア王子を奪ったせいで、この国は国家予算の半分ほどにのぼる損害を受けたことになるのだ。

いつの間にか、ロザリンドは自分の部屋に戻っていた。

「このままでは、もしかしたら……」

闇から忍び寄る見えない手に怯えるように、ソワソワと周囲を見回した。

思わず口をついた独り言は誰の耳にも届くことはない。

ただ美しい王子様が欲しかっただけ。

同じ家の姉妹だもの、どちらが王子様と結ばれても問題ないでしょ？

お姉さまには特別な魔力があるじゃないの。

なにもかも手に入れるなんて許せないわ。

私には王子様をちょうだい。

そんな短絡的な思いを抱いていたロザリンドの運命は、あの日を境に捻じ曲げられてしまった。

「父に差し入れを持ってきましたの」と王宮を訪れるため理由を用意して、どこかでジェレマイアに会えないかと思いながらロザリンドは王宮を歩いていた。

最近は西側の庭園で姿をよく見かけるという友人の情報を頼りに、あまり人の気配のない庭園に足を向ける。

少し遠目に金色の髪が見えた気がして、付き添いの侍女にここで待つようにと告げた。

しかし向かった先にジェレマイアの姿はなく、代わりに黒いローブを見につけた集団がいた。

物々しい雰囲気に怯えて縮こまったロザリンドのもとへ、集団の中でも一際背の高い者が近づいて、耳元に囁いた。

「好奇心は猫をも殺す、と知らないのか？　間抜けなお嬢さん」

「しらな、なにも、みてないわ！　わ、わたしくはジェレマイアさまを見かけたと思っ……」

ガクガクと膝を震わせながらなんとかそう答える。

明らかに異様な風体の彼らが何者かは知らないが、これは危険だと本能が告げていた。

恐怖から卒倒しそうになっていると、黒いローブの男は突然ロザリンドの手を掴み、なにかを握らせた。

「王子様、か……これをやろう。なに、お守りだよ。だが一生懸命願ったら、王子様に愛してもらえるかもしれないな」

そうロザリンドに告げた後、黒いローブの男たちは素早く去っていった。

ロザリンドの手の中には、花の形を模した石がはまった指輪があった。

「ジェレマイアさまに愛してもらえるお守り……？」

恐怖はいつの間にか去り、指輪の石がロザリンドの言葉に応えるようにキラリと輝いた気がした。

お守りを手に入れてから、なにもかもが変わった。

ジェレマイアはロザリンドを選び、二人で順調に愛を育んできたつもりだった。

ジェレマイアが愛しているのはレティシアではなくロザリンドなのだから、姉とは婚約を解消なり破棄なりしてもらって、自分こそが妃に迎えられるのだという根拠のない自信に満ちていた。

すべて、ロザリンドが願った通りになった。その結果、根拠のない自信は今ぽっきりと折れそうになっている。

（――王太子妃になるって、こんなに大変なの……）

令嬢としてたたき込まれてきた淑女教育とは、なにもかもが違った。

王国の歴史、他国との外交状況、マナーやダンスの習熟度の引き上げとともに、外交のために他国のマナーやダンスも学んでいく。

語学は三カ国語以上を習得しなければならない。最低限の挨拶や簡単な会話ができる程度なら、さらにそれ以上の言語を覚える必要がある。

午前の授業をなんとか済ませても、昼食の時間までもマナー講師とともに過ごす。

疲れておざなりになってしまう細かい所作を、いくつも不適切と指摘された。

食事を終えれば、また午後も授業が待っている。

地獄のような一日を終え、頑張り通した自分を労ってほしいと思い『ジェレマイアさまにお会いしたい』と先触れを出してもらった。

立太子を控えたジェレマイアも忙しい身かもしれないが、それでもロザリンドは彼の新しい婚約者なのだ。

少しの時間を割くくらい、婚約者として当然のことだろう。

それ以上のわがままはまだ言わない。まだ婚約者になったばかりなのだ。

けれど、ほんの少し……そう十分ほどでいいのだ。ジェレマイアの美しい姿を見せて、労いの言葉をかけて微笑んでもらえるだけでいい。

けれど先触れに対する返事は、否だった。

『政務がとても忙しく、本日中に終わらせなければいけない案件が多い。申し訳ないが、また次回にでも』との返答である。

いたわりもなにもない、ただ淡々とした事務的な返答。

婚約者というより、部下にでも対するような。愛し慈しむ存在に対する対応では決してなかった。

(時間が経てば、また以前のように愛してくださるに違いないわ)

完璧だったというレティシアではなく、まだ未知数のロザリンドを選んでくれたのだから、きっとまだできないことの多い自分のことを、可愛がってくれるに違いない。

レティシアはジェレマイアに捨てられると思って逃げたのかもしれない。

(王子様が私に心を移してしまった現実を、姉は受け入れられなかったのね)

真実はジェレマイアが捨てたのではなく、レティシアがジェレマイアを捨てたのだが。

ロザリンドは選ばれたのではなく、あの証拠映像を見せられたために国王と宰相によって否応なく選ばされたのである。

たった一歳差にもかかわらず、魔力も美貌も教養もなにもかもロザリンドはレティシアに劣って
いた。生来の能力だけでなく、レティシアのようにひたむきな努力を重ねることを、ロザリンドは
しようともしなかった。

ロザリンド程度の令嬢を婚約者として選ぶくらいであれば、ジェレマイアの婚約者がレティシア
に決まる前にいた婚約者候補たちから選んだほうが、ずっとよい相手を望めただろう。

しかし、レティシアとの婚約が決まってからもう五年以上の月日が経っている。

当時ジェレマイアの婚約者候補だった令嬢たちは、とっくにほかの令息と婚約を結んでいたので
あった。

それでも数名残っている令嬢たちには、さすがにあまり有力な家の者はいなかった。

ジェレマイアの激しい女遊びを知り「王子はリデル侯爵令嬢を厭っている。いずれあの婚約関係
は解消されるかもしれない」というまことしやかな噂を信じてギリギリまで一発逆転の機を狙うよ
うな者たちだ。そんな家の令嬢を王妃に迎えたら、一気に調子に乗って暴走をはじめるだろう。

同じ家のロザリンドならば、姉から妹へただ婚約者をシフトするだけでいい。

おまけに王子と未遂にしろ深い関係になりかけたのだ。今まで王子が遊んできたような下位の貴
族令嬢ではなく、家柄にはなんら申し分のない令嬢である。

しでかした行為の責任を取らせる意味もあった。

逃亡したレティシアの望みであったこともある。

真実は――ただそれだけ。

対外的にレティシアは病に倒れたということになっているので醜聞も回避され、貴族間のいらぬ争いもなくなる。

ロザリンドはジェレマイアに愛されていたから婚約者となれたのではない。

ただ、都合がよかっただけなのだ。

そんなことに気づくべくもないロザリンドは、父親の苦言を右から左に聞き流すばかりだった。

「お前が望んだ王子の婚約者の立場というのは、並々ならぬ努力と覚悟が必要なのを理解しているか？　甘えた考えで建てる場所ではないのだ。愚かな考えで姉を羨むのなら、その姉の苦労すべてを丸ごと受け入れる覚悟で望まねばならない。王子に嫁ぐということは、この国の国母となるということなのだ。煌びやかなドレスを着て微笑んでいればいいような甘いものではないのだ。己のその甘さを捨て、レティシアに勝るほどの努力を重ね続ければ……聞いているのか、ロザリンド！」

父親の長い説教はひどく退屈で、表情だけは取りつくろうのが得意なロザリンドは神妙な顔で受け流しながら『私はお姉さまとは違う』という思いを強くしていた。

ロザリンドの中には、「自分はジェレマイア王子に愛されたから選ばれたのだ。レティシアは愛されなかったから、必死に学び役に立つ必要があった』という愚かな考えしかなかった。

しかし王国の真実を知ってしまった今のロザリンドは、時を戻せるとしたらジェレマイアと初めてキスをしたあの庭に行こうとする自分を引きずってでも部屋に閉じ込めていただろう。

第四章

――あっという間に、一年の月日が流れた。

その間、レティシアたちが一つの街に留まることはなかった。

当初の考えでは気に入った街にしっかりと腰を据えて、店を開く予定だった。

開業資金はアンストート国からの逃亡資金とは別に貯めてあったから、資金に困ったわけではない。

いまだに流れ者のように短期間で街を移動しているので、開業資金には手つかずのままである。

レナトという旅の相棒が増えたことによって単純計算でも生活費は二倍かかると計算していたけれど、立ち寄る街々で気まぐれに魔道具を売ってきたため毎日それなりのランクの宿に泊まる程度の余裕はあった

店を開きたいという気持ちは変わらないが手持ちには余裕があるって焦る必要はないし、よい街がないかを見てまわっているとどこも決定打に欠ける気がして、なんだかんだと決めかねているうちに想定よりも長い旅生活になってしまった。

そんな感じで気に入った街があれば居を構えるか……くらいの軽い気持ちでいたのだが、実はもっと別の理由で、旅を続けざるをえない状況になったのだ。

（この世界は魔法も魔物もいるけどさぁ……これはさすがに、びっくりしたよ）

レティシアは己の隣を同じ歩調で歩く、自分と同じくらいの背丈の少年を横目で見やる。

少年はレティシアの視線にすぐ気づき、ルビーのように紅く輝く瞳をゆるりと細め、嬉しそうに微笑んだ。

（あーーっ、超絶美少年!!　眼福!!　前世どころかこの世界でもあまり見たことない次元の美少年だよね？　アンストートの王子様も見た目だけは綺麗だったけど、種類が違う美しさかも）

この少年は——まさかまさかの、レナトである！

弱弱しくて細くてちっちゃな甘えん坊。どこへ行くにもレティシアの後ろを雛鳥のようについて回っていたレナト。

（ああ……尊かった。可愛い可愛い私のレナトが……）

そのレナトにとんでもない変化が……ある日突然起こったのである。

最初の変化に気づいてから、小さかったレナトの背はメキメキと竹のように伸び続け、最近では十六歳のレティシアと大差ない高さにまで伸びてしまった。

もはや、本来のレティシアと同年代のように見える。

（どうしてこうなった……）

これが、二人が旅を続けざるをえない理由だった。

人間としてはありえないスピードで日々成長していく幼児。

そんなの目立つどころの話ではない。

この世界のレティシアの記憶を持ってしてもそんな話聞いたことない……よね？　と。

そんな状態のレナトを抱えてひとところに留まるだなんて、考えるだけで頭が痛くなる。絶対に目立つ。

レティシアが老婆に変化しているように、レナトも隠蔽魔法で小さい姿のままいさせることも考えたけれど、それはレナトが断固拒否してきた。

「ボク、ばぁばと同じ大きさで見られたい」

たったそれだけの理由、けれどレナトには重要な理由であった。

本人がそこまで嫌がるのだから、レティシアも折れるしかなかった。

それに「小さいと悪い人が近づいてくるんでしょう？」と言われては、確かに幼い姿で旅するより少しはマシだろうと思ったのである。

（この美貌じゃ老若男女問わず悪い人が寄ってきそうだけど……）

女性に対する自衛手段も教えてていたほうがいいのでは、と不安になるレティシアだった。

事の起こりは、旅をはじめてから二カ月ほどが過ぎた頃。
眠る前に見たレナトは、六才ほどの見た目の可愛い男の子であった……はずだった。
「今日も一日お疲れ様。おやすみなさい」

そう声をかけて眠りについた翌日、一緒のベッドで眠っていたはずのレナトがいなくなっていた。

その代わりに隣にいたのは、レナトになんとなく似た風貌の黒髪の美少年。

その時、レティシアは前世の記憶がよみがえってから一番パニックになったかもしれない。

（この人誰⁉　知らない人がいるんですけどーー⁉）

見知らぬ少年が眠っているベッドには、いるはずのレナトがいない。

この世界にはあまり多くない黒髪だけはレナトと同じだけど。それだけだ。

（親戚……？　寝る前にはいなかったし、レナトからそんな話聞いたこともないよ⁉　これは事件なのか、事故なのか……なにが起こっているの⁉）

まったく知らない他人と同じベッドにいることに気づいて、転げ落ちるようにベッドから抜け出したレティシア。

気持ちよさそうに眠っていた少年がその音で目を覚ました。

少年はうつ伏せのまま、手で周囲を探るように撫でる。すると慌てたようにベッドに両手をついてムクッと起き上がり、「ばぁば、どこーー⁉」と大きな声で叫んだ。

（私をばぁばと呼ぶ存在は、私の可愛いレナト以外にいない……ってことはこの子って、もしかして、もしかするの⁉）

でもこの美少年、どの角度で確認しても幼児ではない。どれだけ小さく見積もっても確実に十代であろうサイズ感である。

「あ、ばぁば！　そんなところにいたー！　また落っこちちゃったのぉ〜？」

黒髪の美少年がくすくす笑っている。

（あ、その笑った顔レナトそっくり……それにルビーみたいな赤い瞳……）

「レナト……？」

（まさか、本当にレナトなの？）

ベッドに上半身を起こしてキョトンとした表情でレティシアを見つめる暫定レナトに怖々と問いかける。

「ん～、レナトだよ～？　どうしたのばぁば」

暫定レナトはコテンと首をかしげた。その仕草もレナトがいつもするものに似ている。

よく見ると暫定レナトが今着ている服は、寝る前にレティシアが着せた夜着である。

サイズが合っていなくてお腹は剥き出しだし、腕も肘まで出てるし、脚も膝近くまで見えるし、布地が体に張りついてピッチピチである。

まだ眠そうな表情をしているが、烏の濡羽色の髪も宝石のような赤い瞳も整った顔立ちも、レナトが成長したらこんな感じ、という想像そのものだ。

「本当に、レナトなのかい？」

「え～、どうしたのばぁば」

眠そうに一つ欠伸をした後、暫定レナトは目をコシコシとこする。

少年がする仕草にしてはひどく幼い印象を受けた。

ベッドの上で起き上がり背伸びをしようとした暫定レナト少年は、前に突き出した両腕をまじま

じと見て「あれ～？　なんか服がちっちゃい……」とこぼした。

「ん～？」と首をかしげながら、ちらりと自分の体を見下ろした後、顔を上げてレティシアを見る。

今度は自分の体をぺたぺたと手のひらで確認するように触りだす。

「あれ？　ボク、大きくなっちゃった？」

「レナトなんだね⁉　大きくなっちゃったなんてもんじゃないよ……」

レナトはキョトンとした表情でレティシアを見つめる。

「ばぁば、こんなにたくさん大きくなっちゃったから、腕も足も痛いよ～～」と言った。

甘えた声で慰めてほしいとねだる表情は、これまで見てきたレナトが甘えてくる時の顔にそっくりである。

（私の可愛いレナトだ、絶対……）

どう考えても、目の前の美少年はレティシアの可愛いレナトだった。

あんなに小さかったレナトが一夜にしてこんなに大きく成長するなんて、自分の目で見ても信じられない。

だから、念には念をと魔道具まで使って魔力の質や量を調べてみた。

アンストート王国では子供がある程度の年齢になると、平民ならしかるべき機関に連れていくし、貴族であればだいたい各屋敷に調べるための魔道具があって、魔力測定をするものだ。だけどレナトはそれまでまったく調べたことがなかったようだった。

レナトにひどい扱いをしていた人たちに向けて、レティシアが令嬢らしからぬ暴言と呪詛を心の中でたっぷり叫んだのは言うまでもない。

というわけで、以前測った時にレナトの魔力のことは記録していた。魔力の量と純度に加えて、人によって型が決まっている。前世でいうところの指紋やらＤＮＡのようなもので、他の人と完全に一致することはない。だから魔力の型を調べれば、目の前の暫定(ざんてい)レナトが本当にレナトなのかわかるというわけだ。

調べた結果、魔力の型が完璧に一致した。

一晩でこんなに急激な成長を遂げるなんて奇想天外ではあるが、間違いなく可愛いレナト本人だと断定できたのだった。

魔道具まで引っ張りだして調べるレティシアに対して、レナトがぷくっと頬を膨らませ「ボクはレナトだよ！」と拗(す)ねたのは言うまでもない。

その日から、レナトの成長は続いた。

それも数ミリ単位ではなく、目に見えて「成長したね！」とわかる程度である。

（レナトってもしかして、人族……ではないとか？）

魔法のあるファンタジー世界なのだから、人以外の種族がいたとしてもおかしくない。

そう思ってしまうほどの異様な成長ぶりだった。

本人が口にしないことを無理に聞きだすことにも抵抗があり、聞くに聞けないレティシア。

けれど、やっぱり、どうしても――

「レナトだってわかってるのだけどねぇ……こうも毎日変わっていくのがわかるとね、ばぁばもなにかあるんだろうなって気になってねぇ……話すのは嫌かい？」

おそるおそる聞いてみたのだった。

「いいよ。だけど、ばぁばとボクが違ったとしても、いっしょにいてくれる？」

不安そうに見つめてくる赤い瞳と目が合う。

「ああ！　当然だよ。レナトはばぁばの可愛いレナトだよ。二度と置いていったりしないって約束したんだ。ずっと一緒にいるとも」

レナトの目をしっかりと見つめ返してレティシアはうなずいた。

「ばぁば……。よかった。それだけが一番怖かったの」

ふにゃっと力が抜けたように笑顔は幼いレナトと変わらない。

「この話するのにね、いつものボクのような話し方すると、ばぁばがわかりづらいと思うの。だから――少し口調を変えてお話しますね」

突然、大人びた口調に変わるレナト。

確かに幼子のような口調よりは今の姿にしっくりくる。

レティシアはいつものような幼い口調のほうが出会った頃のレナトを感じて好きだなと思ったけれど――

「実は、ボクは人間という種族ではないのです――」

そうして、レナトは過去のことを話しはじめた。

――レナトは語った。

底なしの魔力を持つ肉体と、あらゆる魔法を自在に発動できる力。

人間にはそのようなことはできない。自分は人族ではないのだと。

レナトの種族は、その特殊性から存在を隠しながら長い月日を過ごしていた。

人間以外の種族たちと共同社会を形成し、森の中に結界を張って静かに生きる日々。

その中でもレナトの種族は最上位種と呼ばれ、尊ばれる存在であった。

レナトはそんな最上位種の中でもずば抜けた能力を有していたため、生まれてすぐの頃から周囲の大きな期待を一身に浴び、自分は誰よりも強く正しいのだと、ひどく傲慢に育ってしまった。

それゆえに、大人たちから禁止されていた『外の世界』に興味を持ってしまった。

外は危険だと言われていたのに、己の力を過信したレナトは子供特有の好奇心を発揮し、結界の外に出てしまったのだ。

強力な結界の外は、鬱蒼とした雰囲気の森。

はじめて結界の外に出た頃は、さすがにレナトも警戒してあまり遠くにまではいかなかった。

結界の内側では見たことのない小動物や草や花が珍しくて、ただ森を歩き回るだけでも充分楽しめた。

（なんだ、大人たちが言うほどの危険なんてないじゃないか）

なにも起こらなかったことがレナトの警戒をゆるめ、油断を招いた。

さらに大胆な行動をするのにためらいはなくなっていた。

魔法で肉体を強化すれば、子供の体でもすぐに遠くまで行くことができる。

この森の向こうにはなにがあるのか――ずっと気になっていた森の果てを目指した。

森を抜けた先には、小さな村があった。

その日は村を発見しただけで満足して帰ったが、次からはこっそりと村の様子を覗きに行くようになる。そして、次第に離れたところから覗くだけではつまらなくなり、姿を隠す魔法で村を探索してみるようにまでなっていた。

自分だけの秘密の遊戯にレナトは夢中になった。

禁止されていることには、禁止されるだけの理由がある。

今まで無事でいられたのは、ただ運がよかっただけ。

けれど幼いレナトがそんなことに思い至ることもなく――

ある日村に向かったレナトは、少し手前で木々の間に身を潜めていつものように姿を隠す魔法をかけようとした。

魔力を巡らせようとしたその時、突然背後に人の気配を感じた。しかし、それが何者か確認することはなかった。そこで意識が途絶えてしまったから。

意識が戻った時、自分の体が拘束されていることがわかった。

外には恐ろしいものがいて、見つかったら捕まってしまう――と、物心ついた頃から何度もそう言い聞かされてきたというのに、自分だけは大丈夫という根拠のない自信と慢心によって、いつしか夢物語のように感じていた。それが今、レナトの身に現実として降りかかっていた。

得体の知れない何者かに攫われて、身動き一つ取れないように拘束されている。

首には黒っぽい首輪、手首足首に重い枷。それらは禍々しい魔力を放ち、レナトが魔法を発動しようと魔力を練っても、一切なにも起こらないように封じていた。

魔法がなければ非力な子供に過ぎないレナトには、もうどうすることもできなかった。

どれだけ己の浅はかな行動を悔いただろう。

レナトを攫った者たちの目的は、レナトが持つ膨大な魔力だった。

長い、蛇のような紐状のものが体中に巻きつけられ、ブォンという低い音が鳴るたびに少しずつ魔力を吸い上げられる。

その紐は、目の前の壁に続いていた。壁には透明な鉱物が規則正しく埋め込まれている。

その鉱物がどんどん魔力を呑み込んでいく様子を見て、それが人間たちがありがたがる魔水晶なのだと理解した。

はじめのうちはまだ平気だったが、吸い上げられる魔力の量が回復速度を上回れば、いつしか魔力は枯渇していく。

このまま魔力を吸いつくされて死んでしまうのではと、レナトは恐怖に大粒の涙をこぼし続けた。

こっそり外へ遊びに行っていたことは誰も知らない。だから、誰も助けに来るはずがない。

絶望がゆっくりとレナトの心を埋め尽くした。

囚われた当初は誰の姿を見ることもなく、ただ得体の知れないなにもかもに怯えていた。

それから魔水晶がレナトの魔力で満たされると、空の魔水晶と入れ替えるために人間たちが現れるようになった。

魔力は血液と同じようなもので、枯渇すればやがて死に至る。

レナトを死なせるつもりはないらしく、魔力が尽きそうになると吸い上げは一時中断されたが、大量の魔力を失った体は激しい頭痛と吐き気や眩暈に襲われた。

しかし看病などされるはずもなく、ある程度回復したらまた魔力の吸い上げがはじまる。

限界まで魔力を奪われては気絶するように眠り、回復するとまた吸い上げられる。

昼も夜もなく、永遠に感じられるほどの時間が流れた。

時とともに恐怖は薄らぐ。その代わりに、激しい憎悪がレナトの心を覆いつくした。

己を物のように扱う人間たちが憎くてたまらない。

魔法を封じられたレナトに為す術はなく、なにもかも諦めてしまえば楽になれると思う日もあった。

しかし激しい憎悪がレナトの心を生かした。

ある日、いつものように魔力を吸い上げられていたレナトの体に異変が起こった。

突如として魔力が膨張し、制御不能なほどに暴走しはじめたのだ。

レナトの魔力を吸い上げる蛇のような紐は繋がれたままで、膨大な量の魔力が魔水晶へ注ぎ込まれた。

魔水晶の許容量が限界を迎えたのかバチバチと爆ぜるような音がして、激しい光が室内を駆け巡る。甲高い音が鳴り響き、武装した人間たちが慌てた様子で部屋になだれ込んできた。

その時、大きな爆発が起こったことは覚えている。レナトの体に激痛が走り、斬りつけられるような痛みと肉の焼ける匂いがした。

（もう死んでしまいたい。全部なくなってしまえばいい）

それはレナトの絶望が起こしたものなのか、レナトはその時の記憶をほとんど覚えていない。

次に目を開けたら、レティシアがいたのだ。

「目覚めてばぁばがいた時、天使はいるのだと思いました。優しくて温かくて、離しがたくて。だからばぁばがなにも聞いてこないのをいいことに黙っていました。ボクの種族のことは詳しくは言えません。言えるのは桁違いの魔力を持ち、人間とは違い魔法石を介することなく魔法が使える種だということだけです。ああ、それから成長速度は人間よりとても速いのですが、ある程度成長すると、あとはゆるやかに歳を取っていきます。本来であればボクも今頃は成年になり成長が止まっている頃なのですが……魔力を搾取されすぎたせいで、魔力を流す器官が損傷して成長が阻害されていたのだと思います。ばぁばが治癒を施してくれたおかげでもう問題ないようなのですが、しばらくは……なぜか幼いままでしたけど」

レナトは困った顔でレティシアを見やる。

レティシアは壮絶なレナトの過去に言葉を失っていた。

幼子だったレナトを攫って魔力を搾取し、道具のように扱った人間たち。

なんてひどいことを……同じ人間だとは思いたくない。

「レナト……本当に、本当に辛い思いをしたね……同じ人間のばぁばが謝ったところで許せないだろうし、許してほしいとも言わないけれど、だけど謝らせておくれ。私たち人間がレナトにしたすべての仕打ちを。本当に、本当にごめんよ。ああ、言葉にするとなんて軽いんだい。それでも言わせておくれ。ごめん、ごめんよ……」

レティシアの目に苦い涙がじわじわと溜まる。

どんな言葉をかけても薄っぺらく感じてしまう。

どう言えば、なんと言えば、息を吸うことすら苦しいほどのこの想いが伝わるのか。

言葉では無理だ。

レティシアは腕を広げ、同じくらいの背丈になったレナトを力いっぱい抱きしめた。

「私は善人じゃあない。レナトが憎む人間たちを捜し出し、レナトが望むなら仇を取りに行こう。同じ目に遭わせてもいいね。因果応報って言葉があるんだよ、自分がした行いはやがて自分に返ってくるってね。レナトが気の済むまで、ばぁばはなんだって付き合うよ」

憎しみなにも生まない、忘れることが一番。自分がその存在すら忘れ、幸せになることが相手に対する一番の仕返し。

だとしても、そんな綺麗ごとで片づけたくない。

（もちろん、レナトのことはは私が絶対幸せにするけど）

もういらない！　とレナトが思うほどに愛情いっぱいに大切に育ててみせる。

でも、レナトが望むのであれば、レナトが受けた苦しみを何倍にもして相手に返してやりたい。

それで相手から憎まれたとしても上等である。

レナトはポカンと口を開けて、呆然とレティシアを見つめていた。

「ふふっ、くふふっ、あははは！」

そして突然笑い出しレティシアの腰に手を回すと、レナトとの間に隙間を作った。

レナトはとても優しい目をして、憎しみと悲しみに歪むレティシアの顔を覗き込む。

「ボクはね、死にたいと願ったほどの場所から逃げることができた。そしたらね、とっても素敵な人に出会えたんだよ。その人はすごく優しくて、いつでも温かくて、抱きしめられるといつもいい匂いがして……その人のそばは天国にいるみたいで。輝くお日様に甘い蜂蜜、芳しい花々を混ぜた幸せいっぱいの匂いの魔力を持ってる人だったよ。その人のそばから少しだって離れたくなくて、ずっとずっと誰よりも一番近くにいたくて。絶対に絶対に離れたくなくて、離れたら今度こそ死んでしまいたくなるから、なりふり構わず縋りついたよ。そうしたら、願いが叶ったの」

レナトは一度言葉を切ると、噛み締めるように微笑んだ。

「――ボクは今、その人のそばで幸せです。朝、目が覚めて隣にその人がいる。それだけで、それだけが幸せ。生きてるのが楽しい、幸せだ、毎日が。だから、その人のいない過去なんて忘れることにしたよ。思い出して悲しく思う時間がもったいない。そうでしょう？　この幸運を味わうのに忙しくて、そんな過去に割くのがもったいないなって。全部全部その人だけで満たしていたいから」

「レナト……」

レティシアの両頬に大量の涙が筋を作る。

辛い過去に泣きたいのはレナトのはずでレティシアではない。自分が泣いてどうすると思うのに、涙は止まってくれない。

「ボクだって善人ではないよ。けれど、そんな塵みたいな人間たちのためにばぁばとの幸せな時間を減らしたくない。時間は無限じゃないでしょう？　もったいないよ。本当にどうだっていいの。あの人間たちのことなんて。もちろん、ばぁばになにかしようっていうなら——ボクが知る最も残酷な方法で、殺してほしいって言わせるくらいに思い知らせてやるけど」

レナトの透き通った赤い宝石のような瞳に黒い影がよぎり、血の色のように変化する。

「でもばぁばにはなにもさせないよ。なにか起こる前に排除する。それが一番だから、ね？」

ニッコリと笑ったレナトの瞳は、また本来の色に戻っていた。

「レナトがそう言うのなら、私もレナトとの時間をそんな奴らに使うのはやめにするよ。こんなに幸せな時間を無駄にするのはもったいないからね。もっともっとレナトを幸せにするために頑張ることのほうがずっと楽しいさ」

ズズッと鼻を啜りながら話すのは格好悪いが仕方ない。

幸せの涙だからいいのいいの、とレティシアは思う。

「ボクだって、ばぁばをうんっと幸せにする」

レナトはレティシアの細い体に腕を回して抱き締める。

レナトは体の成長に伴って心も成長しているのだろうか。先ほどから難しい言葉や言い回しを使いはじめている。

大きくなったレナトにはそれが板についているように見えて、これまであえて子供っぽい態度を取っていたのではという気すらするのだった。

レティシアが「ばぁばの可愛いレナト」扱いをしやすいように配慮(はいりょ)されていたのだろうか。

レティシアは、ばぁばとして保護者として、大変に複雑な気持ちになったのだった。

特定の街に腰を据えるとなると、レナトの成長速度に気づく人もいるかもしれない——と、いうわけで。

レナトの成長がゆるやかになるまでは、一つの場所に留まらず二人でぶらり旅を続けることにしたのである。

幼いレナトを助けてから、弟のように大事にしようと思っていたけど。

(小さい弟だと思ってたのに、年子みたいになっちゃったなー。今ではもう同じ目線だし)

あのレナトの打ち明け話から数日。

レティシアに忖度(そんたく)しているのか、それとも急激に成長したせいで心がついてきていないところがあるのか。時々、幼い時のような口調や態度で甘えてくる。

可愛い！　と頭を撫でくり回したくなるけれど、その可愛いは純粋な可愛さというより『あざと可愛い』に近いものを感じている。

（私の可愛いレナト役を続けてくれてるみたいで、なんか申し訳ない）

とはいえ「もういいんだよ」と口にするのも野暮な気がした。

壮絶な過去を経て人間に憎悪を抱いたというレナトは、あの時の言葉通りに今もあっけらかんとした態度である。

精神的にタフなのか切り替えがうまいのか……それとも、目を逸らしているのか。

（目を逸らしているわけじゃないだろうな。あの時、そんな相手に時間を使うのがもったいないと言ったレナトの言葉は本音だったと思う。多分、本当にどうでもいいんだろうな）

自分が同じような目に遭ったとしたら、レナトの言うように仇のために時間を使うのはもったいないなどと言えるだろうか——絶対に無理だろうとレティシアには思えた。

本音を言えば、レナトにひどいことをした人間のことは地の果てまで追いかけてやりたいくらいだ。レナトがどうでもいいと言うのでレティシアもそう気にしないでいるつもりだが、もしも目の前に現れることがあれば、絶対に逃がす気はない。

話を聞く限りかなり大がかりな施設だったようだし——もしかしたらレナトの魔力暴走で壊滅したかもしれないが、そうでないなら完膚（かんぷ）なきまでに潰してやりたかった。

（レナト以外にも被害に遭っている子がいる可能性だってあるし。潰せるなら潰しておきたい）

やはり、レナトのように「どうでもいい」と片づけてしまうことは今のレティシアには到底できそうになかった。

辛い過去から目を逸らすのではなく今の幸せをまっすぐに見つめるレナトは、レティシアが思っていたよりもずっと大人なのかもしれない。

（目を逸らす……か）

思えばジェレマイア王子の婚約者になってから前世の記憶がよみがえる瞬間まで、レティシアはずっと目を逸らし続けていた。

あの頃はジェレマイアに対してモヤモヤした思いをいくつも抱えていた。

それはきっと不信や嫌悪といった感情で、婚約相手に向けていいものではない。

だからずっと胸に秘めて、我慢して我慢して、我慢し続けた結果、元のレティシアはすべてを手放して消えてしまった。

そして今も――前世と同じように自分を裏切った妹ロザリンドに対して、レティシアはまだ整理しきれない思いを抱いている。

手紙を残さなかったのは、それだけの怒りを感じ取ってほしかったからだ。

けれど、実際書くべき言葉が見つからなかったということもある。

なぜ裏切ったのか。それほど王子のことが好きだったのか。あるいはレティシアのことが嫌いだったのか。

妃教育で忙しくなってからはあまり時間が取れなかったが、昔は仲が良かったはず。

それなのに、ロザリンドがレティシアにどんな表情を向けていたか思い出せなかった。

（いつか、向き合わなきゃいけないのかな）

どんな理由があったにしろ、ロザリンドはレティシアを裏切った。

結果的にレティシアの自由な生活に繋がったとはいえ、それでもレティシアが大きく傷ついたことに変わりはないのだ。

努力を水の泡にされ、慣れ親しんだ家を出て、両親にも優しくしてくれた王妃にも会えない。

レナトと旅をする今がどれだけ幸せなものでも、その悲しみや寂しさは別物だ。

（あの子にもなにか事情があったのかもしれない、でも……）

事情を聞けば、許すべきだと思ってしまうかもしれない。

なにせ、レティシアは底抜けのお人好しなのだから。

――そんなことがあったのが、半年ほど前。
旅をはじめてそろそろ一年。
旅から旅への生活でも、ステーフマンス王国での生活はなかなかに快適であった。
もちろん、自衛は徹底している。馬車に乗らずに歩く場合は人通りの多いところを選び、街から街への移動の際はお金を惜しむことなく辻馬車を使う。

長い距離を行く辻馬車には基本的に護衛が二名もついているので、安心安全だ。

その分価格は高くはなるが、安全を買うと思えばいい。

安すぎる宿は選ばず、それなりにいい宿に泊まった。

もちろん、行く先々でのおいしいもの巡りは欠かさない。屋台の串焼きはステーフマンス王国の定番のようで、レナトと「レナトの成長が落ち着いたら、串焼きが一番おいしかった街に住もうね」と決めてある。

それまでは街から街へ旅を続けて、たまに魔道具を売って資金を稼ぐ生活。

ステーフマンス王国の王都にも興味はあったけれど……これでも一応逃亡中の身だ。

貴族が多く集まる王都では、アンストートの王家に連なる誰かと鉢合わせする可能性が高い。

見た目が老婆なのでレティシアだとバレる心配はないはずだが、念には念をというやつである。

それよりも、レティシアを悩ませている問題は別にあった。

長らく先延ばしにし続けてきた、『レティシア老婆ではない問題』だ。

(一年経ったことだしね……)

『レティシア老婆ではない問題』というのも笑えるタイトルだが、実際問題なのだ。

——レナトは過去の話をしてくれた。いい加減、レティシアも話をしなければと決意した。

幼児の姿から、そろそろレティシアと同じ十五か十六歳、あるいはそれ以上の見た目になってきたレナト。中身はレナトで、レナトなんだけど。

さすがにほかの人間がいる場で幼児のような態度や振る舞いをすることはなくなり、外見相応になっている。ただしレティシアしかいなければ、まったくないというわけではない。

半年前にあの話をしてからも、宿の部屋は同室だった。

内心いろいろ思うことはあれど、今のレティシアは老婆……孫と祖母。

さすがにあのとんでもない美少年の祖母とは思えない容姿であるが、特に怪しまれたことはない。

とはいえさすがに年頃の少年なのだから、一人になりたいこともあるだろう。

「そろそろ二部屋取ったほうがいいね。なあにお金のことは気にしないでいいよ」

と提案してみたのだが……

毎度毎度「節約だよ、ばぁば」と断られてしまう。

どの街で魔道具を売っても完売続きで、節約しなければならないほど困窮はしていない。

しかし、宿の受付で揉めるわけにもいかず、本人がいいと言っているのに頑なに拒否するのもおかしな話だろう。

それもこれも、レティシアが自分の正体を隠しているのが悪いのだ。

自分とそう変わらない年の異性と泊まるとなれば、レナトといえど拒否感があるはず。

今日の宿もレナトとレティシアは同室である。

懲りずに別室を提案してみたが、言い終わる前にスパッと遮られてしまった。

レナトの赤い瞳が「しつこい」と言っていたような気がするが、気のせいだろうか。気のせいだろう。レティシアの可愛いレナトがそんな瞳をばぁばに向けるわけがないのである。

しつこいのはわかるが、レナトのために提案しているのにわかってもらえないこの老婆心。

客室へ入り、無言で結界の魔法石を置く。これで音が外に漏(も)れることはない。

「レナト、ここに座っておくれ。今日はレナトに大事な話がある」

「……なあに、ばぁば。部屋を別にするっていう話なら聞かないよ」

最近少し反抗的になってきた気がする。反抗期だろうか。

「その話じゃないよ。言ったところで聞かないだろうしね。今日はばぁばの秘密をレナトに話すことにしようと思ってね」

「ばぁばの、秘密……？」

レナトは真剣な顔つきになり、小さなソファに腰を下ろす。

レティシアはベッドに腰を下ろして、少し距離をとって向き合った。

なぜ老婆の姿をしているのか、きちんと話そうとすると長くなる。回りくどいのは嫌なので、レティシアは一番手っ取り早い手段に出ることにした。

「――言葉で説明しても信じられないだろうから、私の本当の姿をレナトに見せるよ」

リデル侯爵家を出てから長らく発動し続けていた隠蔽(いんぺい)魔法。その魔法が込められている魔法石への魔力供給を絶つ。

レナトはキョトンとした表情でレティシアを見つめていた。

(理解が追いついてないのかな？　あまり驚いてないように見えるけど……)

「少しずつ変わってくるからね」

魔法の効果が切れていき、老婆の体の線や顔立ちが蜃気楼のように揺らめいていく。

やがて揺らめきが落ち着くと――レティシアの本来の姿が現れた。

夕方に差しかかろうとしている時間。

西日がうっすらと窓から射し込む。

照明をまだつけていないため、少し薄暗い部屋の中。

陽の光も照明の光も必要としない、内側から輝くような黄金の髪。

その長い髪はサラサラと音を立てそうなほどに艶(つや)やかで、腰の下までまっすぐ落ちている。

一年間もの間、辻馬車に乗り街を散策し、時には露店で商売をした。

ローブをかぶってはいても、外での活動時間は長い。

それなのに透き通るような白い肌、蠱惑(こわく)的なアメジストの瞳。小ぶりな鼻、ぽってりとした薔薇(ばら)色の唇と、緊張のせいかかすかに赤く染まった頬。

これ以上ないほど完璧に整えられた美貌が、レナトの眼前に晒(さら)された。

――絶世の美少女、レティシア。

その妹のロザリンドも人目を引く美少女であった。庇護欲(ひごよく)をそそる可憐(かれん)な容姿と、甘さを感じる微笑み。大きな瞳と母親似の赤みがかった金髪は、ロザリンドの自慢だった。

だがそんなロザリンドも、姉のレティシアと並べば比べるべくもなかった。

誰が見てもレティシアの美貌に軍配が挙がる。ロザリンドの可憐(かれん)さに骨抜きになった令息も、レティシアを見ると腑(ふ)抜(ぬ)けた顔で視線を奪われる――レティシアの美貌には、人をハッとさせるドラマティックな雰囲気があるのだった。

その美貌が、ロザリンドを歪めてしまった理由の一つかもしれない。

老婆とは天と地ほども違う姿のレティシアを、無感動に見つめているレナト。

先ほどと変わらぬキョトンとした表情のまま「うん、なにが違うの？」と不思議そうに答えた。

ギョッとしたのは老婆から本当の姿へ戻ったレティシアのほうだ。

レナトの態度が想像していたものと違いすぎて、混乱する。

（なにが違うのってなにが⁉　「えっ⁉　その姿は⁉　ばぁばが魔法で姿変えてたなんて気づかなかった！」とか驚いてわたわたしながら言われると思っていたんだけど⁉）

現実は『なにか変わった？』的なキョトン顔である。

「レナト……あのー……私、ばぁばって、わかってる……よね……？」

もしかするとここにいるレティシアがばぁばとわかっておらず、急に知らない女の子が現れたと思ってのキョトン顔なのかもしれないと思ってレティシアは問いただす。

「わかってるよ。うん？　もしかして、魔法で変化させていた姿のことを言ってるの？」

「え……」

（今、魔法で変化させていた姿って言った？）

「レナト、魔法で変化って……わかってたの⁉　いつから⁉」

「え、なんでそんなに驚いているの？　最初からだよ。ボクが目が覚めて、初めてばぁばを見てから、ずっと」

レナトは不思議そうに話すと、その後すぐなにかに気づいたように「ああ……そっか。そうだよね」と独り言のように呟いた。

「あのね？　前にボクが人族ではないって話をしたよね。詳しい話は言えないけど、その種族特性……ええと、種族特性って言っても誰でも持ってるわけではなくて……まぁその話はややこしいからいいや。えーっと、それで、その特性の一つが『魔眼』っていって、魔力の流れや魔力の色、相手の持っている特性まですべて見える特殊な眼なんだ。魔法が使われていたら痕跡でわかる。魔法によるすべてを看破することができる。ああでもボクより強い者のことは看破できないからすべてというのは微妙かもしれないね」

（ゲームかラノベみたいな設定だわ……。レナトはチートキャラだったのね!!）

レティシアのアメジストの瞳が強い興味と好奇心を宿して爛々と輝く。

「まぁ……ボクより強い個体って人族にはもちろんいないし、ボクの種族でも滅多にいなかったと思うから……。今のところ看破できないものはほぼないものと言っていいんじゃないかな」

「レナト……それじゃあ、本当に最初から……？」

レナトは得意げにうなずいた。

「ボクの魔眼の目で見てきたばぁばの姿は、最初からずっと今と変わらない。綺麗な長い髪も瞳も、優しい笑顔も、全部同じだよ。ただ、魔法を使って姿を変えていたから、魔力の揺らぎが……残像っていうのかな？　ぼやーっとした薄い靄のようなものが体から出てて、膜みたいなものがばぁばをいつも覆ってた。その膜がまったくの別人の姿をしていたから、周りにはその姿を見せているんだなっていうのはわかっていたよ。ボクにはその膜の中身がちゃんと見えていたし、ばぁばもなにも言ってこないから、ばぁばが話すまで聞くつもりはなかったけど」

(幼いレナトの時もなにも聞かずに黙っててくれてたんだ……幼い頃から気遣いがすごすぎて、逆に心配だよ！)

気遣いにジーンとしつつも、将来悪い人に騙されないか余計な心配をしてしまった。

(え、でも……それなら——)

「じゃあ、ずっとばぁばって言ってたのは……？」

「ばぁばは、ばぁばじゃないの？　ばぁば言ってくれたでしょ？　ばぁばって呼んでって」

この話を切り出してから初めて困惑したように眉をひそめて首をかしげるレナト。

(た、確かにばぁばって呼んでって言いましたけど！)

「ボクよくわからない……教えられたから呼んでたけど、ダメだったの？　え、じゃあ、ボクどう呼べばよかったの……？」

(あ、やばい、レナトが混乱してる！)

レティシアは慌てた。なんだか話が噛み合っていない気がする。

「ばぁばっていうのは名前じゃなくて、小さな子供がお婆さんを呼ぶ時の呼び方っていうのかなぁ～？　レナトは、名前のわからないお婆さんを呼ぶ時にはなんて呼ぶ？」

「お婆さん、お婆ちゃんとか。え、それじゃぁばぁばは名前じゃないの？」

「あ、うん。名前ではないね……」

(あの時は名を告げるつもりもなかったしな……うう、またあの時の罪悪感がチクチクするっ。あの時の私よ、後悔するぞ、おバカ!)

それを聞いたレナトはまさにガーンという文字が背景に見えそうだった。

「ばぁば、ひどい。ボク、ずっと本当の名前を教えてもらえてなかったんだ……もしボクに魔眼がなくてばぁばの本当の姿を知らなかったとしても、名前を教えてもらえてなかったほうがショックだよ!」

とうとう涙目になりながらレティシアを責めるレナト。

「レ、レナト、ごめんなさい。泣かないで……」

レティシアは心に大打撃を受けた。返す言葉もない。

もはや土下座する勢いでごめんなさい! を連呼したのだった。

レナトが少し落ち着いたのを見計らってレティシアは説明する。

「どう言えばわかりやすいかな……。私の覚えてる知識では、祖母のことを孫が『ばぁば』って呼んでたの。それでね、私は見た目を老婆に見せていたし、レナトにも祖母のような気持ちで接していたから『ばぁば』って呼んでって言ったんだよ。レナトの目にお婆さんに見えてないとはわからなかったの。傷つけて本当にごめんね、レナト」

レティシアの良心がゴリゴリと削られていく。

「……ボクも魔眼のことは説明してなかったから、ゆるす。知らなかったなら、ばぁばっていうのもそのせいだろうし。それより、本当の孫みたいに大切にしてくれてたことが嬉しい」

レナトは手のひらで目をゴシゴシこすると、パッと笑顔を浮かべた。

(涙の次は笑顔の攻撃力の高さよ！　眩しい！)

レナトの涙を見るとどうしていいかわからなくなるので、機嫌が戻って本当になによりだ。

「それで、ばぁばって呼んでって言われたことはわかったけど……ばぁばじゃなくてホントの名前、教えてくれないの？」

レナトはソファから立ち上がると、レティシアのそばに移動する。

そのままレティシアの足元に座ると、レティシアの腿に片手を置きレティシアの顔を見上げた。

(か、可愛いっ)

もうレティシアと同じかそれ以上に体が大きくなってしまったから、子犬というよりも成犬だけれど。大きさなんて関係なく、可愛い。

思わずレナトの頭をわしゃわしゃと両手で撫でまわす。

「ちょ……っ！　ばぁば！　撫でてもらえるのは嬉しい……けど！　名前を教えてっ！」

レナトが頭をフルフルと左右に振り、撫でるのを邪魔する。

「あ、ああ、そうよね。ついつい可愛くって。ばぁばの本当の名前はね、レティシアっていうの。レナトにはレティって呼んでほしいな」

「レティシア……。レティ、シア……。レティ！　うん、ボク、ばぁばのこと、これからレティって呼ぶことにするね！」

昔のように幼い口調に戻ったレナトが嬉しそうに喜んでくれた。

そのキラキラした笑顔は本当に可愛い。

また両手でレナトの髪をわしゃわしゃと撫でる。

サラサラした黒髪が指を通り、触り心地のよさを伝えてくる。

「もう、レティったら」

頭がぐしゃぐしゃになると言いながらも、頭を動かしてレティシアの手に頬をすりよせるレナト。

目を閉じて甘えるような仕草は、犬というより猫のようにも見える。

ぴょんぴょん跳ねて「構って構って」とまとわりつくレナト犬。

うっとりした顔をしながら顔や体を「もっと撫でて」と擦りつけてくるレナト猫。

(うん、どっちでも超絶可愛い)

レナトが気持ちよさそうにするので、そのままベッドに上げて膝枕してあげることにする。さっき泣かせたお詫びも兼ねてだ。

嬉しそうにレティシアの腿(もも)に頭を乗せたレナトはすぐに目を閉じて、幼い頃からしていたようにレティシアのお腹に顔をくっつけた。

小さい時と変わらない仕草に微笑みながら、レティシアはレナトの頬に流れた髪をスルスルと撫でて耳にかける。

レティシアは撫でる手を止めることなく、目を閉じたレナトを見つめた。

異常な成長速度。人とは違う、別の種族。

(そもそも人族以外の種族がいるって話は聞いたことがないのだけど……)

魔眼という特殊な能力まで持つという。

（魔眼ってそれこそ、なにそれチートって感じだし……）

初めから老婆の姿は看破されていて、レナトの強さは同族の中ですら傲慢になるほどだったということも含めて、チートキャラなのは確定として。

人間と違う種族といえば、定番なのはエルフ族・ドワーフ族・魔族・精霊族・妖精族とか、ほかにもいろいろ――いよいよファンタジーになってきた。

レティシアが使ってきた魔法もとんでもなかったが、それを魔法石を介すことなく行使できる。その上魔力量はあまりにも膨大。

誘拐されてすぐに魔力を吸われていたということは、攫った人間たちはレナトたちの種族の存在を知っているということだろうか。

レナトの魔眼は、レナト本人がいうには看破できないものはないレベルの強さということだった。

（あれだけ自信満々だったわけだし、レナトってものすごく強いんじゃないのかな……もしかして私、とんでもなくすごい子を拾ってしまったんじゃない？）

ぽかぽかしたぬくもりが太腿とお腹に伝わる。

美しい艶のある黒髪がサラサラとレティシアの指をくすぐる。

（まぁいいや、考えても仕方ないことだし。とんでもないチート持ちのわけあり種族だからって、レナトの手を放すことは絶対にない）

「あ！　レナト寝ちゃった？」

目を閉じているレナトの頬をツンツンと指でつつく。

「んー……寝そうにはなってたけどまだ寝てないよ。なあに、レティ」

片目だけをうっすら開けて、トロンとした目でレティシアを見上げるレナト。

「大切なこと忘れてたから、また忘れないうちに伝えないとって思って。私ね、実は逃げてる最中なの。だから私のことをレティって呼ぶのは二人だけの時にしてね。まだ外ではお婆ちゃんの姿でいるつもりだから、『ばぁば』って呼んでくれると助かる。ほかの人がいる時は、今まで通り祖母と孫の設定だからね。いい？」

レナトは肩をピクリと震わせると、レティシアのお腹につけていた顔を離し、首だけ動かして頭を正面に向ける。

「どうしたの？」

レティシアはレナトを見下ろしながら聞く。

レナトの赤い瞳が燃えるように煌めいた。

「レティはボクが絶対守る。なにからもどんなものからも、すべてから守ってあげる」

強い意志をのせた声で、レナトは誓いを立てた。

そして片手を伸ばし、レティシアの長い髪をひと房すくう。

「この髪の一筋すら傷つけさせないよ」

甘い声で囁くと、赤い瞳で射貫くようにレティシアを見つめた。

「――でも、レティがこのまま隠れていたいのなら……二人の時以外は、ばぁばって呼ぶね。ボクは孫でも弟でもなんでもいいよ。レティが望むならなんにだってなるし、なってみせる」

レティシアの願いを理解し同意してくれたレナト。ちょっと強めの執着を感じないでもないが、思いを伝えるその姿に、幼い頃からの成長を感じた。

だから、レティシアは「レナト、成長したねぇ……」と孫や弟を愛でる保護者のような気持ちでいた。ゾッとするほどに冷たい光を灯したレナトの瞳に気づくことなく。


旅をはじめてからずっと抱えていた隠しごとをついに明かすことができて、レティシアの心は晴れやかだった。

本日の宿は、レティシア好みの『食事がおいしくて有名』な宿だ。

だから、今からの夕食がとっても楽しみなのである。

「レナト、そろそろ夕食に行こうか！」

ワクワクしながらレナトを誘うと、レナトも「楽しみだね」と笑っている。

「ここの宿は肉料理が有名なんだって」

「確かに、宿の中を歩いてる時も肉を焼くいい匂いがしてたね」

部屋を出て食堂へ向かう二人。

目的地に近づくにつれて肉の焼ける匂いが強くなり、食欲をそそった。

「レナトや、今日はめいっぱい食べようね」

「ばぁば、もういい年なんだから無理もしないでね」

「レディに老いを感じさせるような言葉をかけるんじゃないよ。そんなんじゃ曾孫の顔を見る前に死んじまうねえ」

「えっ⁉　ごめんなさい⁉」

そんな祖母と孫のやりとりを、すれちがう人たちは気に留めることもなく通りすぎていく。

レナトの成長がゆるやかになるまで――この楽しい旅はまだ続く。


料理を堪能した二人は部屋に戻ってきた。

お腹いっぱいのままそれぞれベッドに倒れ込む。

「ああ……おいしかったぁ。もう。しばらくはお肉はいいや……」

レティシアはお腹をさすりながら、うっとり呟く。

「レティ、ばぁばの姿であの串焼き五本も食べてたの、周りが心配して見てたよ」

レナトがくふふっと笑いながらレティシアをからかう。

「えー、レナトだって七本も食べたくせに」

「おいしかったね。あの串にかかってた粉すっごくおいしかった！」

「確かに！　いろんなスパイスが混ざってて珍しい味だったねぇ。なに使ってるか三種類くらいしかわからなかった……」

レティシアは悔しそうに言うと、ベッドの上にある枕を引き寄せて胸に抱えた。

レナトは横になると片腕で頬杖をつき、リラックスしきった姿のレティシアを見て目元をゆるませている。

レティシアが自分のそばでありのままでいてくれることが嬉しくてたまらないのだ。

「レティは食事処でも開くのかなってくらいに、食べたものがなに使ってるか考えてるよね」

「食事処を開店する気はないけど、二人で暮らすようになったら自炊する機会も増えるだろうし、どうせ作るならおいしい料理にしたいからね」

「ん、そっか。だよね、二人で暮らすことになるんだもんね。ああ、そっか、うん」

嬉しそうにうなずくレナトにレティシアは「レナトも作るのよ」と付け加えた。食べるのは大好きだが作るのはそこまで好きではないレティシアである。

互いに食事の感想を言い合いながら、まったりした時間が過ぎていく。

その時、今頃ではあるがレティシアは思い出した。

もう一つレナトに言わないといけない話があったことを。

「レナトが急に大きくなった頃から気になっていたんだけど……私もお婆ちゃんじゃないって話もしたことだし……さすがにいい年ごろの男女が同室はよくないんじゃないかな、と思うわけです」

「なぜ？」

レティシアはきょろきょろと視線をさまよわせながら言い切ったが、レナトにあっさりと返される。

「え、なぜ？　なぜって……えーっと、レナトも男の子でしょう？」

「うん、男の子だね、ボク」

（そうだね！　どこからどうみても男の子なんだから私に全部言わせないで！　いろいろ察してく

れないかな⁉)

「私はいま十五歳で、もうすぐ十六歳なんだけど。このくらいの年頃の男の子と女の子が同じ部屋では眠ったりするのはよくないことなの」

「なぜ?」

「また⁉　ええと……間違いが起こるから?　という感じではないでしょうか」

気まずさにレティシアの口調が丁寧になる。

「間違い?　どんな間違い?」

ジッと真剣な目で見てくるレナトと目が泳ぐレティシア。

(レナトの過去を思うと、そういう教育とか全然受けずにここまで来ちゃったのは全然ありえる……!　もしかしてそれを教えるのって私の役割だったり?　こ、困る……ひじょーに困るよ、おしべとめしべから⁉　もうコウノトリでごまかしていいですか⁉)

前世で婚約者はいたが息子はいないレティシアはどう伝えるべきか困惑した。

そんなレティシアが話してくれるのをじっと待つレナトだったが、今度はレナトのほうから口を開いた。

「レティは逃げてるんだって言ってたよね?　それは誰から?　レティの命を狙ってるの?」

「えっ、今その話⁉　んー……どうだろう。私の命なんて狙うかな?　多分、連れ戻すって感じかもね。私の魔力は国にとってとても有用だったらしいから、生きてないと困ると思う」

「そう……。でも、レティは連れ戻されたくないんだよね?」

「そうだね。連れ戻される理由にもよるけど、両親以外が私を連れ戻そうとしているなら、それは私が望まない提案のためだろうから、絶対に戻りたくない」

　自由に生きるために家を、あの国を出たのだ。連れ戻されて誰かに従ったりしたら、この一年の逃亡が無意味になってしまう。

「レティの望まないことをさせようとしてくるんだね？」

「両親以外ならね。ほかの人たちが連れ戻す理由はそれ以外ないと思うし」

　レナトの目が真剣な光を帯びる。

「そんなことを聞いたら、やっぱりボクは絶対に一緒の部屋がいい。レティが望まないことをさせようとする人たちにレティは渡さないよ。だから、どんなことを言われても違う部屋になんて行かないからね。レティとボクはずーーっと一緒。そう約束したでしょ？」

　レナトのルビー色の瞳が決意を込めて強く輝く。梃子でも動かないというように唇をキュッと引き結んでいる。

（えぇぇ……）

「そういう相手から自分を守れるように、結界魔法とか使えるから大丈夫だよ……私」

　もう結果は見えてるかもしれないが、最後の抵抗とばかりにレティシアはぼそぼそと反論する。

「だーめっ！　結界魔法すら破るような手練を雇ってくる可能性もあるでしょ。探してる相手が誰かなんて聞かないよ。でも、大丈夫だなんて簡単に言わないでほしい。ボクは、レティのことがすごく大切なんだ。ボクなら絶対に何者からも守ってあげられる。レティが想像してる何百倍何千倍強いんだから、もっと安心して頼ってほしい」

（うちの子はなんて健気なんでしょう……たくましくなったねレナト）

うるっとしてしまう姉心である。

レナトを保護した時から距離は近かったが、ともに旅をするようになってからっますます二人の仲は深まっていた。

弟のような、息子のような、孫のような。

いろんな目線でレナトを見つめてきた。

すべて家族としてであり、異性として意識したことは一度だってない。

あまりにも美しいからドキッとすることはあるが、血の繋がりはなくともレティシアにとっては家族である。

レナトが懸念（けねん）する通り、結界魔法を破ってくるような強く賢い者がレティシアの捜索を請け負っている可能性はゼロではない。

両親は「探さないでほしい」というレティシアのお願いを聞いてくれているらしい。

けれど、王家のほうはわからない。レティシアにというより、レティシアの魔力に固執（こしつ）しているはずだ。自分で魔道具を作って実感している。この魔力はあまりに魅力的だと。

（のどかなぶらり旅で忘れそうになるけど、逃亡者だものね……用心は大切）

自分は絶対意思を曲げるつもりはないという強い眼差しで見つめてくるレナト。

レティシアは観念するように両手を挙げた。

「ああー、もう！　それじゃ面倒ごとが片づくまでは、レナトと一緒の部屋ね！」

「うんっ！　ずーーっと一緒だからね！」

(なんだかまだ若干ズレてる気がするけど、もういいや)

レナトのしつこさはこの一年間でいやというほど理解した。

親鳥の後を着いて回る雛鳥ですよろしくの性格である。それは成長している今もまったくブレていない。

レナトが枕を抱えたままぐったりしているレティシアに飛びつく。増えた重さと衝撃にスプリングが派手に軋(きし)んだ。

レティシアに擦り寄り、そのまま抱きかかえる。

幼い子供が親に甘えるような可愛い仕草に、仕方ないなぁと頭を撫でるレティシア。

かつてはぷるぷる震える小犬のようだったのに、ある日突然中型犬になっていたレナト。

姿は変わってしまったけれど、親と子のような姉と弟のような、変わらぬ関係である。

それから交代でお風呂に入り、寝支度を整えるともう眠る時間だ。

「じゃあ、そろそろ寝よう。レナトはこっちの左のベッドね」

二つ並んだベッドのうちの一つにレナトを誘導する。

レティシアも右のベッドに潜り込み、大きなアクビをする。

ウトウトと眠気が忍び寄るのを感じながらまどろみ、あと少しで寝入るというところで、するりと誰かがシーツの中に侵入してきた。

(あ――……レナト)

「レナト、もう大きいんだから別々に寝ないと狭いよ」

「ヤダ、レティにくっついてなきゃ寝れないの。一人で寝ると不安になる。またレティがボクを置いてくんじゃないかって、すごく怖いんだ」

最近一人で寝られていたというのに。レナト、実にあざとい。

それを出されたら、レティシアは黙るしかないのだ。

レティシアに負い目があるのをわかってるのか、レナトは我を通したい時たびたびそのことを持ち出しているよう気がする。

「仕方ないな……ずっとは駄目だよ？　だんだん一人で眠れるように努力はしてね。今日はもう時間も遅いし仕方ないけれど」

「努力はするよ。でもできない時はレティと一緒に寝る」

「まったくもう。甘えん坊なんだから！　じゃあ寝るよ？　レナト、おやすみ」

「レティ限定の甘えん坊だよ。おやすみなさい」

レティシアははぁとわざとらしくため息をつくと、サイドテーブルに備えつけてある魔道具で照明を消す。

薄暗くなった室内で念を押すように「今日だけね」とレティシアは呟く。

べったりとくっついたレナトはその言葉には返すことなく「大好きレティ！　おやすみなさい！」とハキハキとした声で二度目の就寝の挨拶をした。

レティシアの腕にしがみつくように両腕を回して抱え込むレナト。

「おやすみレナト」

ふぅ……と吐息をつくとレティシアも二度目の挨拶を返した。

(明日も同じようなやりとりをして眠るんだろうなぁー)

そんなことを思いながら、レティシアはそのまま深い眠りについた。

第五章

実はレティシア、一カ月に一度家族に手紙を出している。

差出人は書かない。「元気にしています」とか「私は大丈夫です」とか、そのような生存を知らせるような内容を書いているわけでもない。

「この街のこの料理がおいしい」とか「ここはこの景色が素敵だった」とか、旅の感想を簡単に記しただけのもの。

ネリネ、バーベナ、ブルースター。

どれも家族を思う花言葉を持つ花だ。手紙の最後にそのどれかの名前と花の絵を描く。

そして最後は「返事は不要」と締めていた。

根なし草のような旅なので、返事を出されても受け取る場所はない。

ただ一方的に送りつけているだけだが、それでいい。

楽しんで生きていることだけわかってもらえれば、今でも家族を大切に思い愛してることさえ伝われば、それだけでいいのだ。

そんな一方的な手紙を送っていたある日。

アンストート王国の誰かが、おそらくはレティシアであろう人を捜索しているというのを、たまたま立ち寄った街で知った。

魔道具を売って大金を稼ぐのは楽だけれど、あまり大っぴらに荒稼ぎするのは不要な注目を集めるなと思って控えていた頃。

冒険者ギルドに登録して採取や狩猟を覚えるのもいいなと考えた。

金銭的に苦しいわけではないが、稼ぐ方法はいくらあっても困らない。レナトにもいい経験になるだろう。

レティシアが受けようとしたのは、主に薬草の採取依頼だ。

役に立つ薬草の見分け方や採取のコツを学べれば、役に立つことは多いだろう。

そうして簡単な依頼を受けて冒険者ギルドにもどり、納品作業をしていた時だった。

冒険者ギルドには物も人も、そして情報も集まる。ガヤガヤと賑やかに会話が交わされる中で、レティシアはアンストート国の失踪（しっそう）した侯爵令嬢のことを聞いたのだ。

『王子の元婚約者の侯爵令嬢を探している』という。

そんなのレティシア以外にいないわけだけど、一年半も経ってようやく初めての捜索情報にぶつかるとは思わなかった。

（まだ捜してるの……？　国が秘密裏に捜索するならギルドの立ち話で噂に上がるようなことにはならないはずだし。そもそも王家直属の諜報部隊がいるはずだからギルドなんて利用しないしなー。それじゃあ誰が私を捜してるんだろう？）

レティシアはどうしたものかと悩む。

逃げてばかりいないで、そろそろ一度帰国を考えるべき時が来たかもしれない。

「まだお姉さまは見つからないの!?　もう一年以上も捜し続けてなんの成果も上げていないじゃないの!!　この、無能!!」

ロザリンドは握り締めていた扇を腹立ちまぎれに投げつける。

それは、失踪した姉の捜索に関する定期報告書を持ってきた従者の頬を掠り、床に落ちた。

従者の頬にうっすらと赤い線が浮かび、そこからじわりと血が滲む。

相手に怪我をさせたことなど微塵も気にするそぶりもなく、ロザリンドは従者を睨みつけた。

憤怒の視線に晒されても表情一つ動かすことなく「申し訳ありません」と口にする従者。

(これが王太子の婚約者とは。我が国もおしまいだ)

このヒステリックな言動にもずいぶん慣れた。もう少しで成人を迎える令嬢にしては癇癪がひどいように思うが、ほかの令嬢をよく知らないのでこんなものなのかもしれない。

秘密裏にレティシアの捜索を頼まれてから一年が経過していた。

まだ婚約者という段階のロザリンドには当然王家直属の諜報部隊を動かす権限はない。

だからそれなりの金額を要求されるが、専門機関に依頼をして捜索をしているのだ。

依頼主をごまかすためなのか、報告はすべて従者が受けていた。

次期王太子妃として完全無欠と呼び声の高かったレティシア・デ・リデル侯爵令嬢。

彼女は、突然病で療養することになった。回復の見込みも見えないことから、穏便に婚約解消となったという。建前上は。

その直後、レティシアの後釜として彼女の一つ下の妹ロザリンドが我が者顔で登場した。

ジェレマイア王子は、レティシア嬢との婚約解消から半年後に立太子した。

女関係でいい噂を聞かないが、次期王としての素質は充分だったため立太子に反対する者はいなかった。

婚約解消になるほどの大病で療養していたはずのレティシア。

……その捜索を依頼されたのが一年前。ということは、彼女は病に侵されたわけではないらしい。

しかし捜索は手詰まりで、時間だけが過ぎていった。

ロザリンド侯爵令嬢とジェレマイア王太子との婚姻は半年後に控えている。

元婚約者であるレティシアがなんらかの理由で失踪したことによる婚約解消だったと仮定したとして、大切な娘が失踪したのに捜す様子のない侯爵夫妻の様子を思えば事件性はないだろう。

となると、このヒステリック嬢が捜し続けている理由がわからない。

それも侯爵夫妻に知られぬように、ロザリンドが貴族令嬢として自由に使えるよう充てられた毎月の費用から怪しまれない支出と偽装して秘密裏に探しているのだ。

毎度の取り乱し方を間近で見ているため、なにがあるのかと勘繰りたくもなる。暴言の内容からも姉を心配してのことではないだろう。

侍従は無表情を保ちながらロザリンドの癇癪（かんしゃく）が落ち着くのを待った。

「このままじゃ……お姉さまが見つからなければ、私は殺されるわ!!」

（殺される!?）

当たり散らすようにソファに備えつけてあったクッションを掴み、床に叩きつけた後に思わずこぼれたようなロザリンドの物騒（ぶっそう）な発言。

そういえば、ロザリンド嬢は時折怯（おび）えたような様子の時があった。それでも怯（おび）えていることを悟られずごまかすために、よりヒステリックに振る舞っている気がしていた。

今、王宮で真実のように語られている噂を思い出す。

――ジェレマイア王太子が真に想うは今も昔もレティシア嬢である、と。

病に伏したレティシア嬢に代わり健康に問題のないロザリンドを正妃に据えて負担の大きい公務を引き受けてもらい、真実愛するレティシア嬢は側室に迎えるのだろう……と。

同じ家から二人以上が王家に嫁ぐことはできないというのに、そのような噂が立つ。

それは奥の手があるからだろう。レティシア嬢を他家に養子に出し、リデル侯爵家を出させてから側室として迎えるという方法だ。それをするなら――ロザリンド嬢は名ばかりの正妃となる。

この王宮には、嘘も真実も入り乱れている。

妃になるには実力の足りないロザリンドを貶（おとし）めたいどこぞの令嬢の妬（ねた）みから流された噂でしかないと思っていたが、なかなかどうして、このひどい癇癪（かんしゃく）を考えれば真実かもしれない。

侯爵夫妻かジェレマイア王子殿下かがどこかへ匿（かくま）っているのか？　それなら実の妹に居場所を知

らせない理由はなんだろう。

レティシア嬢が見つからなければ殺される、とは――？

謎が謎を呼んでいる。

（――可哀想にな。得られることのない愛を求める辛さなど俺にはわからないが）

ヒステリーを起こし暴力的になるこの令嬢には正直嫌悪感しか湧かないが、殺されると怯える理由の不明な背景には少しばかり同情している。

機嫌がいい時はジェレマイア王太子殿下がいかに素敵かを語り、ほとんど惚気のようなことしか話さない。自分は愛されているのだと語る姿は自信に満ちていた。

けれどレティシアの捜索が進んでいないと報告をする時は癇癪を起こし手がつけられなくなる。

国内は調べ尽くし、なんの痕跡も見つからなかった。

隣国まで捜査の手を広げたが、目立つ容姿であるレティシアの姿を見た者は見つからなかった。

国境を越えたのなら、国境警備兵に聞けば入国したことくらいはわかるだろうと思っていたが、依然としてレティシア嬢のような特徴の女が国境を越えたという報告はない。

そうなるともう、片っ端から聞いて回るしかなかった。

なりふり構わず聞いて回るなど、捜索していますと主張するようなものだ。

それでもほかに手はなかった。

心の中で特大のため息を吐きつつ、従者は決まりきった挨拶をして退室した。

「今度こそ必ず見つけてきなさい。これ以上時間がかかったら私だってどうなるか……その時はお

前も道連れよ。思い知るがいいわ」
退室直前にかけられた怨嗟のこもるロザリンド嬢の言葉。
情念たっぷりの声に背筋が震えた。
「うわー……こええ……」
思わず顔をしかめると、頬の傷が思い出したようにズキズキと痛み出す。
仕事とはいえ、雲をつかむような案件。
今はすべてを投げ出したくてたまらなかった。

翌日、王宮を訪れたロザリンドは自分専用として与えられた個室に入り王宮でのロザリンド付きの侍女に「大切なお話があるので、すぐにでもお会いしたい」とジェレマイアへ伝えに行くように命令した。
大切な話と伝えたのだから受けてもらえるに違いないと待っていたロザリンドに、戻ってきた侍女は言った。
「執務が忙しいため、本日は無理だ。予定を調整後、改めてこちらから連絡をする……とのことでございます」
「なんですって?」

信じられないとばかりに眉根を寄せ、ロザリンドが侍女を睨む。

「本当にジェレマイアさまがそうおっしゃったの？」

「はい。確かに王太子殿下はそうおっしゃいました。一言一句漏らさず違えずそう伝えるようにと」

冷静に返答する侍女にロザリンドはいつもの癇癪を起こしそうになる。

（ここは王宮。私は高貴なジェレマイアさまの妃になるのだから。この無礼な侍女は王太子妃となってからクビにするわ）

近頃、ジェレマイアに会うことすら難しくなっていた。

初めて口づけをしたあの頃のような熱は消えてしまった。

あの黒いローブの男がくれた「おまじない」の効き目ももうない。

今日は本当に大切な話をしたかったのだ。手紙に書ける内容ではない。

このままでは、ロザリンドは殺されてしまうかもしれない――と。

人払いをしてもらい、直接ジェレマイアに伝えて助けてほしかったのに。

（ジェレマイアさまが冷たいのも、私が殺されるかもしれないのも、お姉さまのせいよ。お姉さまが突然逃げだしてしまったから、ジェレマイアさまは罪の意識を覚えて、あの頃のような振る舞いはできないと我慢をなさっているのだわ）

ロザリンドは強く唇を噛む。そうでなければ、レティシアを責める言葉を大声で叫んでしまいそうだった。

（お姉さまが戻ってくれれば、きっとジェレマイアさまはまた私のことを見てくださるわ。お姉さまと婚約していながらあんなに求めてくださったのだから。私は豪華なドレスをまとって美しい宝石を身につけ、私にふさわしい美貌のジェレマイアさまと幸せに暮らすのよ。黙って殺されたりなんかしないいんだから！）

ふふふ、と不気味な笑い声を上げるロザリンドを、壁際で控えていた侍女がギョッとした目で見た。

（逃げ出したお姉さまをなんとしても見つけて、あの無駄にたくさんある魔力を国のために使ってもらうのよ。私はお飾りの正妃になんてならないわ）

「そうよ。ちゃんと役割を全うしてもらわないとね。私が愛されないじゃないの」

レティシアが戻ってくれば、どうなるか。

ジェレマイアの本音を知ることのないロザリンドは、レティシアが戻ってくればすべてが元通りになり、命の危険もなくなるのだと、都合よく勘違いをしているのだった。

「レナト、私ね、自分が逃げてきた国に一度戻ろうと思う」

新しく訪れた街で、恒例の屋台巡りをして串焼きを数本購入し、近くにあったベンチに仲良く並んで座っていると、レティシアがポツリと呟いた。

楽しい二人旅を続けていたというのに、突然の中断宣言をするのは嫌な気分になる。

まだレナトの成長も落ち着いていないし、あの黒髪への差別の強い国に戻ることを話さなければいけないと思うと、レティシアは重苦しい気持ちになった。

「うん、それでいいよ」

レナトは肉をモグモグと食べながら答えた。なんでもいいよといった軽い感じだ。

「え、そんな簡単に決めちゃっていいの？」

レティシアは驚く。

もっと拗ねたりごねたりすると思っていた。

「いいよ。逆になんで驚くの？　レティがいる場所がボクがいる場所。レティがいるならどこだっていいよ、一緒ならどこでも全然平気」

「そ、そっか。そうだよね。ずっと一緒だもんね。戻って問題を片づけたら、また旅に出たっていいもんね？」

「そうそう。いつだって、どこだって、二人一緒なら旅をしてもしなくてもボクはどっちでもいいよ。たまには串焼きを食べにでも行きたいけど。レティは転移魔法が使えるから、食べたくなったらいつでも行けるしね」

レナトはいたずらっ子のような笑顔をレティシアに向けた。嬉しくて満面の笑みを返しながら、そうかそうだよねとレティシアは納得した。

私にはチート魔法があるじゃないの、と。もっと気楽に考えればいい。

アンストート王国に戻って、嫌なことや危険なことが起こりそうなら転移魔法でレナトと逃げてしまえばいいだけのこと。その時は、ちゃんと両親に話してから逃げ出したいと思っているけど。

「両親は捜していないと思うの。もちろん、兄も。王家はどうかはまだわからないけど、新しい婚約者が決まった後に元婚約者を捜すなんて、隠したものをわざわざ掘り返すようなものだから、きっと違うと思う。多分ね」

そう言ってレティシアは肉に歯を立て齧りついた。お行儀のいい食べ方ではないが、これが一番おいしいのだから仕方ない。

侯爵令嬢だった頃には絶対しなかった食べ方だ。それ以前に、串焼きなんて購入しようとも思わなかっただろう。前世の記憶が戻った新しいレティシアは、枠に囚われるのをやめた。

こうしなければ、こうあるべき、なんて窮屈な枠はいらないのだ。

ほどよく油がのった肉を咀嚼して呑み込む。

「となるとね、私を捜してるのは妹だと思うのよね」

レナトはレティシアの言葉を聞きながら、ふぅんと興味なさげに相槌を打つ。

どれだけ必死に捜そうとも、老婆の姿のレティシアを看破できるのはレナトくらいだ。

それに、実はレナトはレティシアに黙って堅牢で頑丈な結界魔法を何重にも重ねてかけている。

レナトの特別製だ。

人間が作った最上位魔法程度では、何発撃っても傷一つつけることはできないだろう。

いくら探索魔法を展開してレティシアを捜そうとも、すべてこの強固な結界魔法に弾かれているはずだ。

魔法で人を捜すならまずは魔力の痕跡をたどる方法を取るだろうが、それにまったく引っかからない場合は、血縁者の血を利用した探索魔法を使うという手がある。

血を媒介にして、魔力ではなくその近い血を持つ肉体を捜し出す魔法だ。

レティシアの隠蔽（いんぺい）魔法は姿を変えて見せているだけで、体自体がまったくの別人に変化しているわけではない。これを使われれば隣国であろうがすぐバレてしまう。

そこまでの知識を知る者が人間側にいればの話ではあるが。

結界魔法を張ったのは、その対策のためもある。

レナトはレティシアに関しては非常に過保護なので手抜きは一切しない。

レティシアもレナトに対して過保護なので、どっちもどっちである。

国に帰ろうと決めたふたりは、レティシアの両親になにかお土産でもと街で物色していた。

ここは隣国ステーフマンスだというのに、やたらとアンストート王国の噂を耳にする。

それも、王太子とその婚約者の話だ。

ステーフマンス王国の王子はまだ幼すぎて婚約者はいない。そのため隣の国のこととはいえこの手の話題に飢えている者たちに需要があるのかもしれない。

王太子と新しい婚約者の不仲説。

妃教育も進まぬ無能の婚約者に王太子は二度目の婚約者入れ替えを検討している。

次の婚約者は他国の姫か――

下世話な考察も入ったこの噂話は、ロザリンドの耳には入っているだろうか。

レティシアを捜す理由がよくわからないが、正妃の座を他国の姫に取られそうだから、まさかレティシアを他家に養子へ出させ、側室に迎えて王太子妃の補佐でもさせるつもりなのだろうか。

もしそうだとすれば、なんのための婚約解消だと思っているのか。

（そこまでバカだとは思わないけど……）

それくらいの理由しか思い浮かばない。

王家とジェレマイアがいまだにレティシアに執着していて、それが許せず始末したいとか……さすがにそれはなさそうだ。もし明るみになれば婚約破棄どころか極刑でもおかしくないようなことなんて、するわけがないだろう。

レティシアの妃教育がはじまってから、疎遠になってしまったロザリンド。

彼女が今はどんな子に成長したかなど、正直レティシアにはもうわからない。

わかっている部分は一つだけ。

姉の婚約者と不貞をすることに罪悪感を覚えず、謝罪の一つもない程度には壊れた倫理観の持ち主だということ。

両親に迷惑がかかることはしてほしくない。

だから、妹が自分を捜しているのなら、一度戻って残してきたものすべてを片づけてくるべきだと思った。

それに、あれから一年半も経過した今、兄も留学から帰っている頃である。

(お兄様に会いたい。お父様お母様にも会いたい！)

「よーし！　私の家族になった可愛いレナトを、私の両親や兄に紹介しちゃおう！　帰るにはちょうどいい頃合いよ。レナト、アンストートでは髪と瞳の色は変えないといけないけど、なにかあったら全力で守るからね！」

「ボク、レティのお父さんお母さんに会いたい！　レティの家族に家族として紹介してくれるなんて……とっても嬉しい、ありがとう」

レナトは花が綻ぶような微笑みを浮かべ、幸せそうに笑った。

「じゃー、早速、転移……は、んん、ここではダメね。もっと人のいないひっそりした場所でしょうね」

「わかった！　串焼きもしばらく食べ納めだし、もう二本くらい買ってこようか？」

「あ、そっか、そうだね……しばらく食べ納めか……。うん、今日は食べまくっちゃおう！」

「わーい！　じゃあ今のもさっさと食べちゃってさ、二人でたくさん買いにいこう！」

なんだか以前の幼いレナトのように子供っぽい言動になっている。

しかしテンション高い老婆のレティシアの隣だと違和感がない。むしろテンション高く串焼きにかぶりついている老婆のほうにみんな目を奪われていた。

すごい元気なお婆ちゃんだな、と。

二人して唇の端に串焼きのタレをつけながら、ニコニコと笑い合った。

ジェレマイアは国王の執務室を出た。

ロザリンドの指にはめられた指輪――なぜかそれが気になって国王の許可を取り、閲覧が制限されている禁書に目を通していたのだ。

それは禁じられた魔道具のことを記したものだった。

ここに記されているものは災いを呼ぶとされる危険なもので、使用はおろか所持しているだけで重い罪となるものばかりだ。

そこでジェレマイアは、ロザリンドの指輪と酷似したものを見つけた。

それは『魅了魔法を付与した指輪』であった。

（あの侯爵邸の庭でロザリンドと初めて口づけをした時、ロザリンドがレティシアに見えて……頭が真っ白で――）

もしかしたら、もしかして。まさか……？

まだ断定はできない。ロザリンドの指輪を確認し、王宮魔術師に調査してもらわなければ。

もし、あの指輪が載っていた通りのものであったなら……

現時点でジェレマイアが正常であり、指輪がもたらした被害がジェレマイアとレティシアの婚約解消だけだったとしても、禁を犯したロザリンドと婚約したままでいることはできない。

だから「大切な話がある」と侍女が言伝を持ってきた時も一顧だにせず断ったのだ。

あれが魅了の指輪である可能性はかなり高い。

苦い思いを抱えながら、いつも通る回廊を通らずに、思い付きで王宮の庭を突っ切ることにした。

ジェレマイアは魅了魔法に惑わされた己を悔いた。

そんな息子の姿に、父である国王は『あまり思い詰めるな、禁術を使用されれば抵抗する手段などお前にはなかった』と言葉をかけてた。

強い風が吹き、ジェレマイアの髪を乱す。

今が見頃の薔薇（ばら）が強い風に揺れて花弁を散らした。

空に舞う花びらたちが、ジェレマイアに花の香りを届ける。

赤、白、黄、ピンク、異なる色が交ざれど不思議と調和されたように感じる。

その美しい景色を、しばし立ち止まって眺めた。

「……気分転換に街へ出るのもいいかもしれないいな」

ずっと執務室にこもってばかりいるから鬱々（うつうつ）としてしまうのかもしれない。

ロザリンドに堂々と指輪を譲ってもらうのは難しいだろう。

本人が魅了の魔法が込められたものだと知って使用していたとすれば、証拠である指輪を絶対に外すことはない。

入浴中は外すとしたら、王宮に宿泊させて侍女に持ってこさせることは可能かもしれない。

常に身に着けているのであれば……

どのようなかたちでも、真偽を確認しなければならない。

もしロザリンドが人の道を外れたと確定し断罪しなくてはならなくなったとしても、ジェレマイアは彼女によって自分の道を歪められたことに、憎しみをぶつけることはしないだろう。

レティシアを失いロザリンドを得た。それは強制され捻じ曲げられた紛い物の愛だった。

もう愛は求めない。

王太子として国のために少しずつでも前へ進まなければ。


お忍びに街へ、と思いついたからといって、王太子であるジェレマイアがすぐに実行に移すことは難しい。

政務の調整も必要だが、護衛の問題がある。

お忍びだからといって護衛の一人もつけずに自由に闊歩することなどもちろんできない。

かといってあからさまに護衛に囲まれてはお忍びの意味がないので、少数の精鋭をそろえるのに少しばかり準備の日数がいるのだった。

そして二日後、政務の調整をつけてジェレマイアは街へでかけた。

平民が着るような素朴な服を着て、目立つ金の髪を隠すために茶色の鬘と黒い帽子をかぶる。

しかし端正な美貌は隠しようがなく、やはり目を惹くのは避けられなかった。

通り過ぎる人々がぎょっとしたように二度見していくのに気づいたジェレマイアは、今度来るときは頭と顔をすっぽり隠すロープにでもしようと思いながら歩いた。

『リッヒレーベン魔道具屋』

中央街から少し外れた場所にぽつんと建っている三階建ての建物。

装飾の乏しい簡素な建物ではあるが、扉だけは緻密な装飾が施されている。

ここはジェレマイアが街へ下りる時に必ず寄る店で、通うようになってからもう八年ほど経つ。

店主の審美眼は確かで、ところ狭しと並べられた魔道具はどれも素晴らしいものばかりだ。

もともと質のよい商品をそろえた店ではあったが、ここ二年ほどで目をみはるような珍品良品が並ぶようになった。

それまでは品を眺めても必ず購入するわけではなかったが、この二年は店に来るたびになにかしらを買い求めていた。

魔道具をコレクションする趣味はないというのに、最近は蒐集家のように様々な魔道具をここで購入している。

ギィと重い音を立てて扉を開き、ジェレマイアは店の中へ入る。

立太子してからは来る余裕がなかったので、久しぶりだ。

最近は心身ともに疲れ果てるまで書類仕事に没頭しないと眠れないので、自然と睡眠へ誘われるような魔道具がないか店主に尋ねてみようと思っていた。

「いらっしゃいませ」

初老の店主の低く落ち着いた声が店内に響いた。

その声にどこかホッとしながらジェレマイアは軽く会釈をする。

「ああ、貴方ですか。お久しぶりですね。今日はどんなものをお探しですか？」

店主に話しかけられ、ジェレマイアは「お久しぶりです」と答えた。

「最近あまりよく眠れなくて。できれば安眠できるような魔道具があればと思っているのだが、あるかな？」

「眠りが浅いのは辛いですね。いい品物がありますよ」

店主が同情するような表情を浮かべ、魔道具がズラリと並ぶ陳列棚へ移動した。

「ああ、これだ。これはなかなかの良品でしてね――」

目当てのものをそっと手に取り、ジェレマイアに差し出す。

その魔道具を受け取ったジェレマイアは、不思議な形に目を丸くした。

「アロマポットという魔道具らしいです」

「アロマポット……」

聞き慣れない響きだと思いながら店主の言葉を繰り返す。

「魔力を入れると、この吹き出し口から花の香りが広がるんです。その香りを嗅ぐと気分が落ち着いて、よく眠れるのですよ」

「花の香りか」

「お試しになってはいかがでしょう。この魔道具は制作した魔道具師のオリジナルのもので、二点しか確保できませんで、そのうちの一点を購入された方の話では長年の不眠症が治ったとか」

「いただこう」

「お買い上げありがとうございます」

ジェレマイアの即答に店主はニッコリと微笑んだ。

丁寧に包装された魔道具を持ち、ジェレマイアは店を出た。

早速今夜から試してみようかと考えたら珍しく心が躍り、大通りへ進む足が自然と軽くなる。

その魔道具がレティシア考案のものであることは、ジェレマイアが知る由もなかった。

綺麗な湖をぐるりと囲むように花々が咲く。

頭上高く二昇った太陽が、正午の時間を告げている。

フワリとした風が吹き、花や葉を優しく揺らす。

湖のほとりに近づくと、美しい少女がせっせと花冠を編んでいた。

夢中になっているのか、すぐそばまで来たジェレマイアにまったく気づかない。

白いチューリップと紫色の花で編まれた花冠。

しばらく待ってみたが気づく様子もないので、自分から話しかけてみることにした。

「ねぇ、その紫色の花はなんていう花？」

突然声をかけられたというのに少女は大して驚くこともなく教えてくれた。

「これはクロッカスというのよ」

「クロッカス……聞いたことがない花だな」

「そう？　紫だけじゃなくて、黄、白、青、赤もあるのよ。早春に咲く花なの。でも、この場所に季節は関係ないみたい。いろんな花が咲くのよ」

そう言って少女は編む手を止めて顔を上げた。

「!?」

ジェレマイアは絶句する。目の前の少女は幼い頃のレティシアにそっくりだった。

「き、君の名前はなんていうの？」

少女の顔を凝視したまま、はやる胸を押さえながら問う。

「人に名前を聞くなら自分から名乗るものじゃない？」

少女の呆れたような表情にジェレマイアは「ぐっ」と言葉を詰まらせた。

「失礼した。私の名前はジェレマイア。貴女の名前を教えてほしい」

「ジェレマイア……言いづらい名前だわ。私の名前はレティシア。よろしくね、ジェリー。呼びづらいからジェリーと呼ぶわ。私のことはレティと呼んで」

その名前は――ジェレマイアは息を呑む。

ヒュッと喉が鳴り、目の前の光景が信じられずに何度も瞬きをした。

以前と変わらぬ光景に、もしかしたら現実なのかも信じそうになる。

「レティ……。わかった」

「ジェリーも花冠を編んでみる？　まだ時間があるから、今なら教えてあげてもいいよ？」

「いいのか！　では私に教えてほしい」

「わかったわ。それじゃあ、まずは花を選ぶところから――」

編んでいた花冠を置いて、ジェレマイアの花選びに付き合おうとレティシアが立ち上がる。

「湖の周りにはたくさんの花が咲いているの。こっちに来て」

レティシアは手を差し出し、ジェレマイアはおずおずとその手を握る。

立ち上がったレティシアと目線の高さが変わらないことに少し違和感を覚えた。

（なんだろう、なにかが違うような……）

ジェレマイアがなにかを思い出そうと考えようとするが思考がまとまらない。

（まぁいいか、レティと一緒ならなんでも）

レティシアに勧められるまま花を選び、先ほどまでレティシアが座っていた場所まで戻ってきた。

丁寧に指南してもらいながら、せっせと花冠を編む。

ジェレマイアは手先が器用だったようで、何度か教えてもらえばあとはスルスルと編めた。

選んだ花は赤色のブーゲンビリアとピンク色のアスターだった。

花冠を編み終え、レティの頭にそっとのせた。

「ありがとう！　ジェリーにも、はい、どうぞ！」

嬉しそうに微笑んだレティシアは、ジェレマイアの頭にも自分の編んだ花冠をのせてくれた。

「とても似合うわ！」

レティシアが弾けるような満開の笑顔で褒めてくれる。

「ありがとうレティ。レティもとっても似合うよ」

体がムズムズするようななんともいえない恥ずかしさを感じながら、ジェレマイアもはにかむように微笑んだ。

――ああ、幸せだ。いつまでもここにいたい。

(――……夢か)

昨夜、魔道具店で購入したアロマポットを使用した。

懐かしいような、安らぐような花の香りを嗅いでいるうちに、すぐに眠ってしまったようだ。

夢が幸せすぎて、現実との落差が辛い。

「夢でもいい、夢でもいいから、会いたい」

ジェレマイアは静かな寝室で一人、呟いた。

一度でも行った場所であればどこでも転移できる。

転移魔法のその原則はよくわからないけれど、レティシアの目には見えないが魔力のマーカーでもついてるんだろうと適当に解釈している。

魔眼持ちのレナトには見えているかもしれないが、適当に解釈をして勝手に納得しているレティシアは「どうなんだろう？」と転移魔法の不思議を追求する気がないためわざわざ聞くこともない。

以前のレティシアならともかく、今のレティシアは絶対研究職には向いていないだろう。

隣国ステーフマンス王国へ向かう時は辻馬車に乗っていたので日数も時間もお金も必要としたけれど、もし今串焼きが食べたいなと思ったら、行ったことがある場所なら即行ける。奇跡のような魔法である。違法入国にならないかがちょっと心配だが。

行きはしっかり正攻法で入国した（身分証や許可証は偽造であるが）が、アンストート王国に戻るのは転移魔法であっという間だ。

王都にも、家族が暮らす屋敷にも、レティシアの私室にも直接行くこともできる。

父が治める領地にも行けるし、レナトと出会った森近くの街にも行ける。

転移魔法でサクッと移動できるため、移動時間はゼロだ。

レナトと二人、各地を転々としていたからお別れの挨拶をする仲間も友人もいない。

食べ納めの串焼きを食べ終えたらサクッと移動するつもりだった。

都合のいいことに宿を取る前だったので、荷物のことも宿泊予定のことも気にする必要はない。

だからもう、今この瞬間に旅立ってもなにも問題はないのだ。

けれど――

目の前を行き交う人々を、ただジッと眺める。

時折、探るような視線を隣から感じるが、レティシアはぼんやりと人波を眺め続けた。

どれくらいの時間が経ったのだろうか。

（こんな私じゃレナトにいらぬ心配をかけるだけだ）

「――よし。レナト、待たせてごめんね。行こうか」

パッと立ち上がり、レナトに手を差し出した。

レナトは手を取る前にレティシアを見つめる。

「ばぁば、別に今日じゃなくてもいいよ？　無理してほしくない」

レナトの瞳はレティシアの虚勢を見透すかのように澄んでいる。

その瞳はどこまでもレティシアへの気遣いに溢れ、静かに答えを待っていた。

レナトの温かな思いは、説明のできない不安を軽くしてくれる。

「嫌じゃないの。でも、なんだろうね。二人で旅してきた毎日が幸せすぎたのかも。なんか、名残り惜しくて。もうこの日々に戻れなくなるわけじゃないのに、少しだけ不安になっただけかも。大丈夫！　一人で戻るわけじゃないし、私にはレナトがいるから！」

レティシアはニカッと歯を見せて大きく笑ってみせる。

「ここではさすがに転移は無理だから、移動しよっか」

それでもまだ動こうとしないレナトの手を迎えに行くように掴み、ぐいっと引き上げた。

レナトは無言でレティシアをジッと見つめ、なにかを決意するようにうなずく。

「……わかった。でも辛くなったらいつでも言って。ばぁばをずっとずーっと遠くへ攫(さら)ってあげる」

レナトはそう言ってなんでもないようにへらりと笑った。

レティシアを心から信頼し思慕を向けてくるレナトの緊張感のない笑顔。

それにつられてレティシアも、へらっと緊張感のない笑みが溢れた。

人気のない路地裏を目指して歩くレティシアとレナト。

足取りは羽が生えたように軽く、手は絡み合う指先でしっかり繋がれたままだ。

路地裏に入ってすぐのところでレナトが提案してきた。

「転移魔法はボクも使えるから、転移先はボクたちの出発点になった街近くの森でいいかな？」

「えっ、それってアンストート王国の森でしょ⁉　この国からアンストートまでものすごい距離だよ⁉　距離があると、消費する魔力もその分多くなるし……レナト、自分の総魔力量をちゃんと自覚できてる？　魔力の枯渇は命の危険もあるんだからね！」

「魔力の枯渇状態は慣れてる……っていうとレティが悲しむね、ごめん。もちろん、ボクは生まれた時から息をするように魔法を使う種族だよ、ちゃんと把握してるから安心して」

国を跨ぐほどの長距離では試したことはないが、これまでの経験上、転移魔法はレティシアほどの魔力の持ち主でも、それなりの量を使うなという感覚を覚えるくらいには魔力の消費が激しい。

それがステーフマンス王国からアンストート王国のあの森までとなったら、どれほどの魔力が必要か……

しかも今回は二人での転移だ。もともとなにかあった時のために転移魔法用の魔法石は大量にストックしていたが、そのすべてを使用しても二人で飛ぶには足りるか不安なくらいだった。

魔法石なら魔力が足りなくても発動しないだけで済むが、レナトは魔法石なしで直接魔法を行使する。

もしも消費する魔力が自分の魔力量を上回ってしまったら……？

せっかくのレナトの提案だが、レティシアは素直にはうなずけない。

「ああ、レティ、そんな顔しないで！　ちゃんと説明するよ！　なんて説明すればいいかな……うーん、ああ、こう言ったら伝わるかな？」

どう説明したらレティシアが安心できるかとレナトは頭を悩ませた。

「ボクの魔力がすべて尽きるまで何往復でもアンストートへ転移魔法で飛ぶとする。だいたい十五往復くらいして、消費する魔力量がようやく全体の三分の一に達するくらいだと思う。この説明でなんとなくわかる？」

「十五往復で、三分の一……って、ええっ⁉　それが本当ならとんでもなくすごい魔力量だよ⁉」

レティシアは混乱する。そんな量の魔力を体の中に異常なく収めておけるものなのだろうか。

（レナトは特殊な種族の中でもさらにトップクラスなんだっけ……それは人族を侮ってしまったのもわかるかも……レナトは子供だったから余計に絶対の自信があったんだろうな）

「そうだね。これでも完全な成長体の半分くらいの量だと思う。成長体は幼体の何倍も魔力が増えるんだ。早く完全な成長体になって、万全な状態でレティを守りたかったんだけど……こればっかりは時間が必要みたい」

口をへの字に曲げて不満げなレナト。

「充分だよ……」

とんでもない規格外な話を聞かされてレティシアは遠い目になる。

レナトの完全体とはいかほどの魔力量なのだろう。レナトと同じ集落にいた者たちも話を聞く限りではとんでもない者たちばかりなのだろう。

レナトは魔力の質だって極上である。純度が高く、水面に照り返す日の光のように眩しく輝く魔力だ。

「レナトの魔力量がそこまでたくさんあるのなら、お願いしようかな」

「うん！　任せて、レティ」

レナトは誇らしげに胸を張って宣言すると、両腕をレティシアに巻きつけて引き寄せる。

二人の体がぴったりと隙間なくくっついた。

突然の抱擁にレナトの腕の中で思わず小さく跳ねたレティシア。

「なっ、なに!?」

「しぃー、静かにレティ。ボク、攫われてから転移魔法は一度しか使ってないから、ぴったりくっついて転移しないと不安なの」

「それって大丈夫なの……？」

ひそひそと囁き声で話しかけるレティシア。そんな風に不安をこぼす間にもレナトは瞳を閉じて転移のための魔力を放出しはじめた。

レナトの体の線をなぞるように全身からゆらゆらと揺らめく魔力。

それは燃え盛る炎のように輝き、レナトの体全体から地を舐めるように放出されていく。

炎のように煌めいた魔力の塊がレティシアにもまとわりつき、包むように二人を閉じ込めた。

「――――」

レナトの唇から呪文のような言葉が紡がれる。直後に転移魔法特有のフワリと体が浮く感覚がした。


ぐっと体が重くなる感覚がして、思わず閉じていた目を開ける。

――目の前には見慣れた森の風景。

レティシアは、レナトと再会した森にいた。

「わあ!! レナト大成功だよ!? すごい!!」

レナトの腕の中ですごいすごいと跳ねるレティシア。

「ふぅ……よかったぁ～。無事に成功。ボクも久しぶりだから魔力をまとわせるの慎重にしないとって思ったら時間かけすぎちゃった、レティもいたし」

次はそんなに時間がかからないで飛べるからね、とレナトは豪語する。

「いやいやいや、あっという間だったよ!?」

速さもだが、移動の快適さもとんでもないものだった。どうしたらそんな風に転移が使えるのかと溢れてくる疑問をレナトに質問したくてウズウズしたけれど、今はやめておくことにした。

(目的は両親に会うこと、誰がなにを考えて私の捜索を続けているのかっていうことの確認。おそらく、ロザリンドなんだろうけど)

「レナトありがとう。全然気持ち悪くならなかったよ。じゃあ……次は私の番ね。私の部屋に直接転移しようかな？　レナトも、行くよね？」

「どういたしまして。直接行って大丈夫？　レティが戻るのは久しぶりだろうし、玄関から行かないでいいの？」

レティシアが無謀なことを言う時、レナトは慎重になる。

確かにいきなり部屋に転移はするのよくないかもしれない。

突然逃げ出した身なのだ。やはり正面からのほうがいいだろう。

「ああー、まぁ……そうよね。旅生活が長すぎてちょっと大胆になってる？　私」

「んー？　レティは結構無鉄砲だけどね。それこそ旅の前からわからされてた。ボクが一カ月お世話になってる時にもいろいろあったよ……ボクがしっかりしないとっていつも思ってたもん」

神妙な顔で話すレナトに、納得できないような表情になるレティシア。

「ええー!?　そうだったかなぁ？　私ちゃんとお世話してたと思うんだけど」

「いいよ。レティはそのままで。ボクがもっとしっかりすればいいだけだから」

レナトはニッコリ微笑み、レティシアがレナトの頭を撫でる時と同じように、レティシアの頭を優しく撫でる。

「いやいや、私は子供じゃありませんから。レナトの養い親だからね？」

ムッとしながらレナトを見上げてレティシアは気づく。

（――あれ？　いつの間にか私より背が高くなってる？）

毎日、行動をともにしていると、ちょっとした変化に気づきづらい。

それにレティシアの中でまだまだ幼いレナトの認識が抜けきってないらしい。目線が同じであることに気づいても、小さな可愛いレナトだと思っていた。

でも、最近レナトはどんどんしっかりしてきている。

そのことに本当は少しずつ、気づいてた。

もちろん、レティシアと一緒に串焼きに齧りつき、幼い子供のように大きく口を開けて笑うことも普通にある。

慎重で大人のような表情をするレナト。

無邪気な仕草でふざけたり笑ったりするレナト。

どれもレティシアの可愛いレナトだ。

成長が喜ばしい反面、それを認めてしまうと寂しくもある。

まだまだ一緒にいたいのだから、もう少しゆっくり成長してほしいなと思うのだった。

「玄関から堂々と……なら、転移は使わずに正攻法かしら」

面倒だが一度手紙なりで訪問を知らせてから戻ったほうがよさそうだとレティシアは思った。

ロザリンドにも帰ってきたことがバレるだろうが、どうせ遅いか早いかの違いだ。

「レナト、訪問を知らせる手紙をお父様たちに出してから、明日会いに行くことにするよ」

「――うん、それがいいかも。今回は初対面のボクもいるし」

旅をしている間に送ったのは、差出人を書かない手紙だけ。

それでもレティシアの筆跡を知る者なら、レティシアからのものだとわかったはずだ。

今度は、きちんとレティシアからと示す印を封蝋に押したものを送る。

貴族であれば持たされるこの世界での個人印鑑みたいなもので、リデル侯爵家の家名に加えてレティシアに与えられた印が刻まれている。

それを押すことでレティシアが書いた正式な手紙とされるのだ。

手紙の手配を無事に済ませ、レナトに宿を取ろうかと話すと、「久しぶりにあの頃みたいにテントで寝たいな」と甘えた声でおねだりされた。

「うん、そうしようか」

レティシアはレナトのあざと可愛い上目遣いに弱いのだ。

手を伸ばし、レティシアよりも高い位置にあるレナトの頭を撫でる。

「やった。ありがと、レティ」

レティシアの手に頭をもっと撫でてと擦りつけながら、レナトは嬉しそうに微笑んだ。

どこまでも続く藍色の夜空。
輝くダイヤモンドを砕いて散りばめたような星々が、幾度も瞬きするように煌(きら)めいた。
ほかに光のない暗い森では星々が目の前に迫るように近く、息を呑むほどに美しい。

満天の星空の下、二人はそんな空を言葉少なに眺めていた。

その静寂を破るようにレナトがレティシアに話しかける。

「明日、レティのお父さんとお母さんに会えるね。嬉しい？」

空からこぼれた星屑を瞳に映して、レナトは星空から隣にいるレティシアに顔を向けた。

レティシアは星空を見上げたまま、こくりとうなずいて答える。

「もちろん、嬉しいよ！　早く会いたい……でもいきなりだし、お父様たちの都合もあるから。もしかしたら、明日すぐは難しいかもしれないよ？」

リデル侯爵は侯爵家当主でありこの国の宰相でもある。特別忙しい人だ。

突然の訪問に対応できるほどスケジュールに余裕があるとは思えない。

明日、レティシアはリデル侯爵家に帰る。

（でも、入れてもらえるのだろうか……）

手紙だけ置いて家を飛び出した不義理な娘だ。

この一年以上、送った手紙はすべてこちら側から一方的に送りつけるだけだった。

両親からレティシアに連絡を取る手段は用意しなかった。

そんな娘が突然帰ってくるといって、受け入れてもらえるのかだんだん不安になっていた。

帰ると決めた時は浮かれた勢いで自分の部屋に転移しようなんて考えていたけど……

（――そもそも、私の部屋はまだあるのだろうか……）

残されていないかもしれない。

「なーんて顔してるの。大歓迎に決まってるよ。だって、レティが帰ってくるんだよ？　どんな手を使ってでもなにがなんでも家にいて、レティのことを待ってくれてるよ。きっとね」

まるで見てきたかのような言い方をするレナト。

レティシアの心にじわりと滲んだ不安を見抜いて、その不安を余裕の一太刀でバッサリと斬って捨てたようである。

待ってくれているか、くれていないか。

わからないが、はっきり断定されるとそんな気がしてしまう。もしも違ったらその分傷つくかもしれないのに。

レナトはレティシアを励ましてくれているのだ。たとえ歓迎されなかったとしても、この言葉だけはありがたく受け取ろう。

「もしいなかったら、レナトくすぐりの刑ね」

『ありがとう』と素直に言えず、レティシアは意地悪を口にする。

「えええー!?　なんでー！」

レティシアを胡乱な目で見るレナト。レナトはくすぐられるのが大大大の苦手なのだ。

「く、首はやめてね……」

「やめるかやめないかは、その時に決めます！」

「レティの意地悪！」

ぶーっと頬を膨らませて、レナトは子供のように拗ねてみせる。

「頬ってこんなに膨らむものなの？」

その頬をツンツンと指でつつき、ぷはっと漏れ出た空気の音を聞いて、クフフと笑い声を上げるレティシア。

そうやってふざけていないと、ふとした拍子に不安がやってくる。

そんな不安が近寄れないように、レナトは子供の姿だった頃のようにレティシアに甘えてみせて、レティシアはそんなレナトの優しさに気づいているからこそ、今はただただはしゃいで見せた。

その時、藍色の夜空に放物線を描いて星が流れた。

「あ！　レナト願いごと！」

「えっ!?」

「あああーーーっ、間に合わなかったぁぁ!!」

悔しそうな声でレティシアが悶える。

「な、なになに!?　どうしたの！」

上半身を前に倒して大げさに嘆くレティシアに戸惑うレナト。

「あのね……夜空に星が流れた時、消えちゃう前に願いごとを三回唱えることができたら、その願いが叶うって言われているの。今回は残念ながら間に合わなかったけど」

「人族にはそんな言い伝えがあるんだ……」

「叶うかどうかはわからないよ？　でも、叶うかもしれないって思うこと自体が幸せ、っていうか。それにお遊びみたいなものかもしれないけど、あの速さの間に三回も願いごとを唱えられたら、やってやった感じがして嬉しいじゃない」

レナトは訝しげな表情をしつつレティシアの説明を聞く。

「そういうものなの……？」

「そういうものなの！」

「もしかしたらまた見られるかもしれないから、しばらく待ってみようか」

「いいね！　今度こそ三回唱えてみせる！」

気合充分なレティシアの発言に、レナトはどっちが子供なんだかと苦笑する。

そんな仲睦まじい二人を見守るように、満天の星が瞬いていた。


あれからなんと三回も流れ星を見ることができて、レティシアは願いごとを三回唱えることができた。

『家族がずっと幸せでありますように』

その家族の中には、レナトも入っている。

翌日、慌ただしい午前中を避けて、昼過ぎに侯爵家へ向かった。
リデル侯爵邸は王都の中心にほど近い場所に広大な土地を所有している。

その事実だけで、リデル侯爵家の規模をうかがい知るには十分だろう。

さすがは次期王太子妃の生家である。

現在その座に就く者が、本来座るべきではない者だったとしても、生家は同じだ。

侯爵邸の敷地の入り口には頑強な正門がある。その正門に立つ守衛に許可を得なければ中に入ることはできない。

リデル侯爵家に訪れる者たちと同様に、レティシアとレナトは正門前に立った。

老婆の姿のままでレティシアを主張するのは不審者でしかないので、隠蔽（いんぺい）魔法は解いてある。

それに老婆の姿はレティシアにとって大切な隠れ蓑でもあるので、見せるわけにはいかないのだ。

守衛がレティシアとレナトに近づいてくる。

平民の服を身にまとった二人が侯爵邸の正門に立つ姿は、不審に見えるに違いない。

「おい、ここはリデル侯爵家の敷地だぞ。お前たち、一体ここになんの……!?」

目の前の守衛は五年ほど前からリデル侯爵家に勤めている。

レティシアはその者の名前までは把握していなかったが、顔には見覚えがあった。

「レ!?　レ、レ、レティシア様……っ!?」

男が大声で叫んだ。レティシアを見つめる目はこれでもかと見開かれる。

服こそ平民が着るようなものではあるものの、目の前に立つ少女は見間違えるはずもない、レティシア侯爵令嬢その人だ。

「お父様に取り次いでくださる？　レティシアが戻ったと。もちろん先にお知らせはしておいたのだけど、訪問の予定は入っていなかったかしら」

レティシアは取り乱した守衛に向けて楚々とした微笑みを浮かべた。

「ご予定の件はこちらの不手際かと思われます!! 大変申し訳ありませんっ!! 早急にお取次いたしますので、しょ、少々お待ちくださいっ」

守衛の顔が一瞬で真っ赤に染まる。バネが跳ね返るように背筋がピンと伸びていた。

それから大慌てで魔道具のようなものを取り出し、話しかけはじめている。

ボンヤリとその姿を眺めるレティシアとレナト。

守衛が満面の笑みを浮かべながら戻ってきて、レティシアに告げた。

「大変お待たせいたしました、レティシアお嬢様……!! 許可が下りましたので、ささっお通りくださいませ!! 馬車もすぐに用意できますのでもうしばらくお待ちいただけますか?」

(馬車かー、確かにここから屋敷までは少し歩くけど……)

「馬車は用意しなくていいわ。久しぶりの我が家ですもの、景色を楽しみながら歩いていくわ」

せっかく久しぶりの我が家だ。ゆっくり歩きながら心の準備を整えておきたい。

昨夜の不安だった気持ちが溶けていく。

あっさり許可が下りたということは、父か母、あるいはそのどちらもが屋敷にいることだ。

「承知いたしました、お伝えいたします！ それではこちらへ——おかえりなさいませ、お嬢様」

使用人にも分け隔てなく優しかったレティシアは、屋敷で働く者たちに慕われていた。

もちろん、守衛もその一人だ。

「ええ、ありがとう」

　守衛から向けられる敬意と優しい声に気づき、レティシアは胸がくすぐったくなる。

　感謝を口にして、まるで満開の華が咲き誇るような微笑みを向ける。

　もはや全身を真っ赤にした守衛は、レティシアたちに向かい頭が膝につくほど深々と礼をした。

「レティ、手繋ご」

　しばらく歩いていると、レナトがレティシアの左手をキュッと掴んだ。

　チラと見るレナトはなぜだか不機嫌そうだ。あからさまに拗ねたような表情のレナトを見て、レティシアは堪えきれずフフッと笑った。

「もう、レナトったら。なあに？」

　レティシアは繋いだレナトの手をキュッと握る。

　するとまたギュッと少し強く握り返される。

「レティはボクの大事な人だよ。なのにさっきのやつ、真っ赤になっちゃってさ。絶対レティのこと意識してた。お家の使用人だとか、関係ない。全人族の男が敵！　ボクにはレティだけ。ボクの中にはレティだけしか存在してない。この世界はレティかレティじゃないかだけ。綺麗なレティを見て顔を赤くする男はボクのレティと仲良くしたいって思ってるんだ。ちょっとでもレティをあげたくない。助けてもらったあの瞬間から、ボクのすべてはレティのものだよ。レティもボクだけだよね？　そんな風に考えるボクは嫌……？」

請うような瞳を向けられて、レティシアはなにも言えなくなる。

（親鳥の後についてくる雛鳥みたいに思ってたけど……これはもはや前世の言葉でいうところのヤンデレ……？　なんて言わないよね？）

人族すべてを憎んでもおかしくないような出来事のすぐ後にレティシアと出会ったから、余計に執着してしまっているのだろうか。

それともまだレティシアに語っていない過去があるのかもしれない。

そう思うと「そんな風に思い詰めちゃダメだよ」とたしなめる気持ちはなくなってしまった。

むしろ、レナトをもっと大切にしてあげたい気持ちでいっぱいになる。

繋がれた手を見つめる。

今日はとても天気がいい。

空は澄み渡るほど青く、レティシアが幼い頃に見上げた空と変わらぬ色。

レナトが語っていた話でも壮絶だったというのに、語られていない部分でそれ以上に辛い目に遭っていたとしたら、そこから逃げ出してすぐに助けてくれたレティシアの存在はレナトの中で比類なきものなのだろう。

ここまで深く執着するのは、辛かったことの反動なのかもしれない。

「不安にならなくても大丈夫だよ。私だってレナトがなにより大切だから、こんなことで嫌になったりなんか絶対にしない」

繋がれた手にさらにキュッと力を込めて、レナトを見つめた。

「うん、うん……レティ。ずっと、ずーっと一緒だよ、レティ」

レナトは泣きそうな顔で、震える口元に無理やり笑みのかたちを作る。

(信じてないな。私が侯爵家に戻ったら、レナトと離れるとでも勘違いしてるのかしら)

屋敷に到着するまで、しばらく無言で歩き続けた。

時折、レナトがキュッと力を込めてレティシアの手を握る。

無意識なのかわざとなのか、レティシアの存在を確かめるように、繋いだ手を時々親指で撫でる。

「私ね、レナトと離れなさいってたとえ両親に言われても絶対離れないよ。なにを言われたって大丈夫。約束したでしょ？　ずっと一緒って。それに私の両親はそんなこと言ってくる人たちじゃないの。貴族としてはちょっと変わってるかもしれないけど、身分だけで人を判断したりしない」

「約束……わかった。ずっと一緒だね」

「両親に会ったらレナトもわかるよ。大丈夫」

「うん、レティのお父さんとお母さんだもんね。変な心配しちゃった。ごめん」

眉を下げて謝るレナトの表情が、やっと明るくなったようだ。

(両親とこれからのことを話し合って諸々片づけたら、レナトの成長が落ち着くまではまたあの楽しくてゆるい二人旅を続けるつもりだし、その後はどこかの街で雑貨屋を開業するという当初の未来予想図も変更するつもりないしね)

そして、その未来のどこにもレナトの存在が欠かせないのである。

レティシアはレナトと繋いだ手を、機嫌よく前後に揺らすのだった。

貴族の屋敷というよりも瀟洒な古城かという趣きあるリデル侯爵邸。

繋いだ手をゆらゆらと揺らしながら立派な作りの馬車停めを通り過ぎ、レティシアたちは玄関扉へ近づいていく。

ロザリンドに待ち伏せされたらイヤなので、手紙に到着時間は書かなかった。

正門から歩いてくる間に屋敷へは連絡がいったはずなので使用人たちの出迎えがあるかもしれないと心配だったが、こちらの意図を汲み取ったのか大げさなことはしないでくれているようだ。

玄関扉に到着したレティシアが、さぁ呼び鈴を――と鳴らそうとした時。

「お嬢様……!!　おかえりなさいませっ」

背後から感極まったように呼びかけられ、レティシアは振り返る。

そこにいたのは執事のジョージだ。

そんなに長く離れていたわけでもないのに、ひどく懐かしく感じた。

「ただいまジョージ、久しぶりね。お父様はどちらに？」

突然いなくなったことにはお互いに触れず、旅行帰りかのような気安さで話した。

「ご無沙汰しております。旦那様からは応接室にお通しするようにと承っております。さぁ、どうぞこちらへ」

ジョージに促されるまま、見慣れた屋敷の中を進んだ。

色彩豊かな庭を囲った回廊をジョージの案内で歩く。

レティシアにとっては目隠しされても歩けるほどに馴染みのある屋敷内だ。

ふと、ずっと黙っているレナトが気になって横目でうかがう。

勝手知ったるレティシアと違い、レナトは回廊から見える中庭に目が釘付けになっているようだった。

「レナト、なにか気になるものでもある？」

応接室の扉が見えてきたところで、レティシアはレナトに聞いてみた。

「うん？　気になるところといったら……中庭も屋敷も全部？　この屋敷はレティの赤ちゃんの頃から今までを知ってる場所だなーって。そこにある窓の一つ、この柱一つもそう考えると感慨深いなって思って。この大きい庭だって、レティが今よりも半分くらいの背丈の小さい頃に駆け回ってたのかなーって考えてた。ボク、その頃のレティにも会いたかったなぁ……。レティが生まれてから全部の年のレティに会いたい」

真面目な顔で語られる言葉の数々は「えっそこ!?」な内容で驚くばかりだ。

(生まれてから全部の私を見たい……って)

雛鳥が親鳥に向ける愛にしては変わってるなと思う。

レティシアは内心で首をかしげつつ――

「別にそれほど面白くないと思うけど……」

「面白さじゃないよ。きっと絶対どのレティも尊くて可愛かっただろうなって思うと、全部知りたいと思うだけ」

「……そう。その頃にカメラでもあればよかったんだけど。家族勢ぞろいの絵は毎年描いてもらってたから、その絵でよければ私の成長していく姿は見られるかも」

「ホントに⁉　絶対見たい‼」

前のめりの熱量を向けられて、レティシアは腰が引ける。

「ああ、うん……両親に挨拶した後でいいなら聞いてみるね」

「うん！　なにがなんでも絶対見る‼」

「そ、そう……」

予想以上の熱意に押され気味になるレティシア。

距離的にどうしても二人の会話が聞こえてしまうジョージの足元が、少しフラッとした気がする。

（この会話、ジョージにも丸聞こえよね⁉　絶対お父様たちに報告いくよ……。どんな関係だと思われるやら……）

熱意のこもった瞳の圧を感じながら、レティシアは「はは、わかったわかった」と空笑いしながらレナトを宥める（なだ）のだった。

応接室に通されたレティシアたちは、室内で特に存在感のある長椅子タイプのソファに腰を下ろした。

もちろん座り心地は抜群だ。柔らかく包みこまれるように体が沈んでいく感触が、ああ我が家だなとホッとした。

（最近は硬い椅子にばっかり座ってたから、この柔らかい感触すら懐かしいな……）

レティシアのすぐ隣には、当然のようにレナトが腰を下ろしている。

「旦那様と奥様にお知らせしてまいりますので、しばらくお待ちください。お茶の準備もいたしましょう。お嬢様のお好きな茶葉や焼き菓子もしっかりご用意しておりますからね」

ジョージは嬉しそうに語り、退室していった。

父たちに知らせてくると語るところで嬉しそうにレナトを見ていたのに気づいてしまったレティシアは、先ほどの会話はもちろんのこと、長椅子での距離の近さすら誤解されたまま報告されるのだろうと確信した。

その報告を聞いた両親がどう受け取るかを考えて、はあー……っとため息を漏らす。

（貴族令嬢としては、婚約者でもないのにこの距離感はおかしい。けど……私たちはそういう関係じゃないんだけど……）

しかし子供サイズのレナトであるならいざ知らず、今のレナトの姿は私と大差ない年齢に見える。

（否定したところで絶対信じてもらえなさそう）

かといって、レナトが人族ではないという秘密を明かす気はない。

両親のことを信頼していないわけではないが、妃教育の記憶を探ってもレナトたちのような特殊な種族の記録はなかった。

明かしたところで信じてもらえないということもあるだろうし、それにかつてレナトを捕えて魔力を搾取していたのが何者なのかわからない以上、どこにどう情報がつながるかわからない。

レナトの安全のためにも、レティシアは彼の秘密を必ず守ると決めていた。

ただしそうなるとレナトが監禁されて魔力を搾取されていたことやその結果血まみれで倒れていたレナトをレティシアが助けた話もできないため、誤解されることは確定しているのかもしれない。

「レティって、やっぱり貴族令嬢なんだね」

「ふふ、どうしたの、急に」

突然レナトがそんなことを言いだすものだから、レティシアは思わず笑ってしまった。

「えー、なんで笑うかな。だってこの部屋に入ったらさ、レティったら急にピンッて背筋が綺麗に伸びていってね、優雅……っていうのかな、一つ一つの動きがすごく丁寧で綺麗になってた。そういうのって旅してた時のレティとは違うから、きっとここに住んでた頃のレティが出てきたのかなって。そういうのって、貴族的な振る舞いっていうんでしょう？」

「そう？　……そうかもね。特に意識したつもりはなかったけど、幼い頃から叩き込まれてきたことだから、もう癖みたいに染みついてるのかも。旅してる時は、逆に貴族令嬢だと知られないように気をつけてたの」

「ああ、そうだったのか。うん。街ではこんな感じじゃないもんね。椅子に座るにもドカッて音がしそうなくらいに豪快だよ、レティは。いつもなにかを気にしてた気はしてたけど、そんな風に気をつけてたなんて考えたことなかったから、びっくりした」

レティのことならよく見てるんだからと得意げな顔をするレナト。

（豪快……？　ドカッて座る……私、そこまで雑な振る舞いしてたっけ……？）

「レナト…………」

額に少しばかりの青筋を立て、聞き捨てならないと反論しようとするレティシア。

その時。

コンコン、と素早く鳴ったノックに慌てて返事をする。

扉が壁にぶつかるほどに強く開かれ、そこには感極まったかのように涙目になったレティシアの母が立っていた。

「おかあさま……」

そのまま母が慌ただしく入室すると、その後ろに苦笑した父が続いた。

最後にお茶の用意をされたカートを静かに押すジョージ。

レティシアたちはソファから腰を上げた。

平民の女の子がよく着るワンピースを、レティシアは好んで着ていた。今もそんなワンピース姿だ。

貴族のドレスより丈の短い裾(すそ)をちょんと摘んで、淑女の礼をしようとする。

けれど母に手で制され、そのまま伸びてきた両腕にレティシアは強く抱き締められた。

「レティシア……私の可愛い子。よく顔を見せてちょうだい……」

母は涙声で囁(ささや)くと抱擁(ほうよう)を解き、レティシアの頬を両手でそっと包んだ。

「……っ！　お、お母様っ」

鼻先が触れそうなほどの距離でまじまじと見つめられて、レティシアは戸惑う。

すべてを包み込むような慈愛に満ちた視線が自分に注がれているのがわかる。

レティシアの心に、空いていることすら気づいていなかった穴があって、それが満たされていくのを感じる。

あのような身勝手な方法で逃げ出し国を去るという大事を起こしておきながら、無事を伝える手紙すらまともに送ってこなかった。

居場所を伏せるためというのはもちろんあった。けれど、レティシアは怖かったのだ。

両親から自分を責める言葉を突きつけられるのが。いや、それ以上にもうお前など娘でもなんでもないと返事の一つもなく見捨てられることが。

自分がそれだけの不義理を働いた自覚はあった。自分を取り戻すという大義名分のもとにしでかしたことによって、なんの咎もない両親や兄にどれだけ迷惑をかけることになるか、考えが至らないレティシアではない。

これまで家族がレティシアに向けてくれた愛や信頼が損なわれるのを、ずっと恐れていた。

冷静になれば、そんな家族ではないということもわかっていても、心のどこかに「もしかしたら」という不安があった。

会ってくれないかもしれない、会ってくれたとして、不甲斐ない娘を許してくれたとしても、当然、心配や迷惑をかけたのだから、強く叱責は受けると思っていた。

けれど母の口から溢れる言葉には、愛と気遣いしか感じられない。

「貴女がどこでなにをしているのか心配で……貴女が送ったであろう手紙を何度読み返しても、心配で……辛い思いをしていないか、危ない目に遭っていないか。毎日毎日それだけが……でも、もういいの。貴女のこんなに元気な顔を見たらすべて大丈夫だったのだとわかったわ。手紙で教えてくれた通りの、とてもいい旅だったのね？　いなくなる前の貴女と比べると、とても優しい顔になったもの。それに、そこの男の子。いい旅仲間ができたのね。うふふふっ」

レティシアの胸の中で固く固く結ばれていたなにかがスルリとほどけていく。

まだ帰れない、帰らないと決めて旅をしてきた。

雑貨屋を開いていろんなものを売るのも楽しそう！　と夢も持った。

串焼きを食べてまわる旅は楽しかったし、なにもかもから解放された日々はずっと気楽だった。

レナトという相棒がいたから、人恋しさもなかったと思う。

けれど……

目が熱を放つように熱い。

涙がレティシアの視界を覆い尽くし、まるで水の中にいるみたいに景色が揺れる。

「お母様……っ！」

今度はレティシアから母に強く強く抱きついた。

幼い子供のように、涙を滝のように流して縋りつく。

幼い頃に抱き締めてもらった時と同じ優しい花の香り……懐かしい母の香り。

（ああ、この優しい香りは、私の……お母様。私のお母様なんだ……！）

「まぁ、レティシアったら……よしよし」

縋りつくように抱き締められながら、レティシアの頭を優しく撫でる侯爵夫人。

「レティ、だから言ったでしょ。なにがなんでも会ってくれるよって」

得意げなレナトの瞳も、涙に潤んでいる。

喜びに満ちた再会の場で、レナトの呟きは優しく空気に溶けていった。


貴族の子女として、十歳という年での婚約は決して早くない。

相手が同年代の子息であれば、お互いに少しずつ交流を深めてゆっくり成長して、互いの相性がよければ政略結婚だったとしても信頼関係を築きながら婚姻の日を迎えることができただろう。

その中で、愛を育むことができるかもしれない。

三歳から五歳以上の年の差は、ほかにふさわしい者がいない場合か、事情により婚期が遅れてしまった者、少し変わった事情を抱える者しか見かけない。

レティシアはリデル侯爵家という有力な家の生まれであったことに加え、希少な魔力を持つという理由で、特例として八歳もの年の差があるジェレマイアと婚約した。

だからといって妃教育が免除されることはない。

現王妃も経験した厳しい教育が、婚約内定後すぐにはじまった。

レティシアの予定は妃教育で埋まった。

必至に食らいつくうちに、はじめは朝から夕方までかかっていた授業が、午前中だけとなり、昼は王妃とお茶をするまでに余裕を得た。

王妃は本当の母の優しくしてくださったが、母ではない。

どこか心の奥深いところで求めていた。

妹のように母に甘えたい、泣き言を言いたい。優しく叱ってほしい。

そんなことを願うのは王太子妃としてふさわしくない気がして、心の奥深くに閉じ込めていたけれど……

欠けたピースが綺麗にはまるように、欠けた心が正しく満たされた気がする。

親に愛されていないと思ったことはない。

けれど、妹と同じように可愛がってもらっていると思ったこともなかった。

どこかで、甘えは許されないものだと勝手に思い込んでいたのだった。

今回のことで自分は穿った見方でしか母を捉えていなかったのだと、レティシアはようやく気づいた。

母も父も、レティシアを次期王太子妃ではなく自分たちの大切な娘として見てくれていた。

そのことをやっと知ることができたのだ。

それが嬉しくてたまらない。

リデル侯爵がレティシアと妻のそばに歩み寄る。

潤（うる）んだ瞳を瞬きでごまかしながら、泣きじゃくるレティシアの頭を震える手で優しく撫でた。

可愛い娘が無事に帰ってきた。

——それだけでいい。私たちのもとに無事に戻ってきてくれただけで。

と、その優しい手が語りかけてくれるようだ。

室内は紅茶の優しい香りに包まれ、レティシアと夫人の鼻を啜る音と嗚咽が聞こえている。

「レティシア、おかえり。よく戻った」

万感の思いがこもった深みのある低い声。

父の言葉にレティシアが涙に濡れた目を向ける。

厳格でありながらも、父は常に優しかった。

「た……ただ、いま……もどり……まし……た」

泣きすぎたせいでヒックヒックとしゃっくりが止まらず、言葉がつかえる。

父が母とレティシアをまとめて腕に抱く。二人の体温を感じて、ホッとした。

この腕の中に守られて生きてきた。

ここが自分の帰る場所だと、痛いほどにわかる。

スンスンと鼻を鳴らすレティシア。

レナトはとても優しい眼差しで三人を見守る。

誰も声を発してはいけない、三人だけの特別な空間がそこにあった。

やっとソファに腰を落ち着け、両親とテーブルを挟んで向かい合う形でレナトとレティシアが座っている。

「お父様、お母様、こちらは私と旅をともに過ごしたレナトです。私の掛け替えのないもう一人の家族です」

目と鼻を赤くして照れ笑いをしながらレナトを紹介するレティシア。

「そうか。レナト君、レティシアとともにいてくれてありがとう。娘が独りで旅をしていなかったことを大変嬉しく思う。レティシアの家族であるならば、私たちにとっても家族だ。我が家と思って寛（くつろ）いでほしい」

「そうね。レティシアの家族なら私のもう一人の息子だわ。仲良くしてちょうだいね」

姓を名乗らないことからレナトが貴族ではないことは察しているだろうが、侯爵も夫人も大層機嫌よく微笑んでおり、一切下に見る様子はない。

「はい。レティ……様？　レティシア様とは仲良くさせていただいてます。ボクにとって、レティ……シア様は唯一の家族です。そのレティ……シア様の家族に好意的に迎え入れていただけること、大変ありがたく思います」

「ふふっ、レティと呼んでいたのなら、それでいいのよ。無理に様付けもしなくていいわ。レティシアもそのほうが喜ぶだろうし、家族なのですからね」

夫人はたどたどしいレナトの様子を見て、優しく語りかけた。

「そうよ、レナト。今さら様付けとか逆に悲しいよ。口調も丁寧すぎて距離を感じるし……やめてほしいな」

レティシアも寂しそうに眉を下げる。

「はい……あ、いや、うん、わかった。ごめんね、レティ。レティのご両親にいい印象を持ってもらいたかったから……。気をつけるね」

レナトは素直に理由を話して謝る。

そんなレナトを見て、侯爵と夫人は視線を交わすと軽く微笑んだ。

「レティシア、昼食はもう食べてきたのかしら？　まだなら久しぶりにシェフに腕を振るわせてほしいわ。レティシアが帰ってきたと伝えたら、きっととっても喜ぶわよ」

「イーサンの料理ね！　なにも食べてきてないの、ぜひ食べたいわ！」

瞳を輝かせて喜ぶレティシア。

侯爵家専属の筆頭シェフであるイーサンの料理は絶品なのだ。

穏やかで優しく、使用人であっても率直に感謝を口にしていたレティシアは、使用人たちからも大変好かれていた。

特にシェフのイーサンは幼い頃から妃教育で疲れたレティシアにいつも労いのスイーツを特別に

振る舞ってくれていた。

「ジェフ、イーサンに伝えてきてちょうだい」

「かしこまりました。すぐに伝えて参ります」

ジェフは目を細めて微笑み、静かに退室する。

隣に座っていたレナトがレティシアだけに聞こえる小声で「串焼きとか出てくる?」と聞いてくる。

レティシアも「串焼きはさすがに出てこないかな……」と囁き(ささや)を返した。

「残念」

レナトがへにゃりとした情けない顔をする。

「串焼きとは違うけど、すごくおいしい料理が出てくるから安心して」

レナトの膝に置かれたままの手をレティシアが宥(なだ)めるようにポンポンと軽く叩く。

「わかった。レティが言うなら楽しみにしておく」

レナトが機嫌よく微笑み、それにレティシアも微笑み返した。

それをレティシアの両親が愛おしげに見つめている。

「甘い物も出てくるかな?」

「もちろん。すごくおいしいからレナトも大好きになるよ」

ウキウキしながら聞いてくるレナトと食事を待ちわびながら、レティシアは両親と過ごす幸せに浸るのだった。

侯爵夫妻とレティシアの再会を祝う昼食を、イーサンは腕によりをかけて作った。

心の込もった昼食はレティシアが幼い頃から食べていた侯爵家の食事の中でも特に好きだったものばかりが並んでいた。

好きなものを好きなだけ食べていいのだと伝えてくるような食事の内容にイーサンやシェフたちの気遣いを感じて、胸がいっぱいになる。

(私の好きなものばかりだから、どれでも自信をもってレナトに勧められるな)

これもおいしいし、あれもおいしいよねと、バラエティ豊かな昼食にレティシアも迷う。

旅の間は基本的に目当てが肉ばかりだったこともあって、レナトの好みがどういう系統であるかを実はまだレティシアはあまりわかっていない。

「レティが選んでくれるのならどれだって好きだよ」

迷うレティシアにレナトはご機嫌だ。

レナトのことで頭がいっぱいになったレティシアを見るのが好きだから。

そんな二人を周囲が微笑ましく見守りながら昼食の時間は進む。

しばらくした頃、侯爵はレティシアに話しかけた。

「レティシア、あまり聞きたくない話かもしれないが、いいかい?」

それは気遣いが感じられる口調だった。

「もちろんです、お父様。聞かなければならないことはすべて聞くわ。私、もう逃げたりしませんから」

「そうか、わかった。レティシアは陛下たちとなにも話すことができなかっただろう？　その後始末というわけではないのだが、レティシアが戻ってくることがあれば話をしたいと陛下たちがおっしゃっていたのだよ。ああ、もちろん、婚約のことではないらしいから安心してほしい。陛下はレティシアに望まぬ婚約をさせるつもりは毛頭ない……ということで、急で悪いが、明日、私と一緒に王宮へ行ってくれないだろうか？」

「はい。お父様。陛下とお話しさせていただくのは滅多になかったことなので緊張しますが、王妃様ともお会いしたいですから」

　王妃はレティシアをとても大切にしてくれた。

　それなのにすべてを捨てて逃げ出したことには、ものすごく罪悪感があった。

「レティ……」

　レナトが不安そうな顔でレティシアを見つめる。

「あ……レナトはどうしよう。お父様、レナトも連れていくことは難しいですか？　できれば今は一人にさせておきたくないのです。もし難しいのであれば、どうにか頑張って……くれるよね？　レナト」

　相手は国の最高権力者である。対してレナトはこの国の貴族でも平民でもないし……バレてはいないが人族でもない。

「陛下におうかがいを立てよう。ただ、警護のこともあるからあまり期待はしないでいてくれ」

レティシアの言葉を侯爵がどう解釈したかは定かではないが、レナトはこの国で忌み子とされる黒髪に赤目の持ち主だ。理不尽なこととは思いつつ、順調にいかないこともあるのだろう。

「レナトの髪と瞳のことでしたら、色を変える魔法を使用しますから大丈夫ですよ、お父様」

「そんな便利な魔法があるのか!?」

侯爵は驚いて声を上げた。

（あ、お父様たちには私のチートのこと話してないんだった……落ち着いたらちゃんと話さないといけないな……）

「うふふ、便利ですよね」

ニコニコと笑ってこれ以上は話すまいとするレティシアに、侯爵は「いつか話してくれると信じてるよ」とレティシアにそっくりな笑顔を返した。

「隠すことができるなら、陛下さえ許可してくだされば連れていこう」

そうしてその話は終了した。

あとは終始和やかなムードで楽しい昼食の時間は過ぎていったのだった。

侯爵がどんな許可の取り方をしたのかはわからないが、ダメ元でお願いしたレナトの同行はあっさりと許可された。

レティシアと離れることがないとわかり、レナトはずいぶんホッとしていた。

王宮にはレティシアを傷つけた王子がいる。そのことを知っているので、そばについていたかったのだ。

レティシア本人はもう王子のことは腹も立たないくらいにどうでもよくなっているのだが、レナトはそう考えていなかった。

あの優しい両親を置いてまで国から逃げだすくらい辛かったのだろうと思っている。

翌日、侯爵令嬢レティシアになるべく朝からお手入れタイムである。

元来の美貌を一層引き立てようとメイドたちは大張り切りであった。

昼過ぎの登城に合わせて支度を済ませ、侯爵家の馬車に乗る。

レナトも既製品ではあるが国王と面会するのに失礼のない上質な衣服に着替えさせられていて、見た目は美しい貴族令息である。

侯爵と三人で向かうのかと思っていたが、母も一緒に登城するらしい。

王宮へ到着すると、早速陛下付きの侍従に案内されて貴賓室へ通された。

侯爵家よりもさらに豪華な室内にレナトが落ち着かないようでそわそわしている。

レティシアは以前は見慣れた景色であったが、久しぶりに見ると懐かしさよりもレナトと同じように落ち着かない気分になった。

そして、さほど待たされることなくノックの音とともに先ほどの侍従が入室してくる。

「陛下と王妃殿下が入室されます」

侍従が扉横へ移動すると、アンストート王国と王妃が入室した。

侯爵夫妻とレティシアとレナト全員が立ち上がり、頭を下げる。

「皆、楽にしていい。非公式の場だからな。レティシア嬢、私が愚息との婚約を望んだばかりにそなたには長い間辛い思いをさせた。すまなかったね」

「レティシア、私からも謝罪をさせてほしいの。逃げ出したくなるほどに辛い思いをさせていたなんて……気づけなくてごめんなさいね」

レティシアたちが頭を上げたのを確認してから、二人が頭を下げる。

「陛下、王妃様⁉ 頭を上げてください！ 逃げ出した私には陛下や王妃様にそこまでのことをしていただく価値はありません！ 私も逃げ出してしまい、大変申し訳ありませんでした……！」

レティシアもバッと深く頭を下げた。

いやいや私たちが、私がの押し問答が続き、とうとう国の宰相であるリデル侯爵の「もういいではありませんか。充分に謝罪し合ったでしょう」という一声でようやく収まった。

国王夫妻と大きなテーブルを挟み向かい合う形で全員が座る。

場が落ち着いたのを見計らってお茶の準備がされ、それぞれに行き渡る頃には穏やかな空気が流れていた。

「急なことになってしまったが、レティシア嬢に早急に話しておきたいことがあり、宰相に前々からお願いしていたのだ。昨日、帰宅したばかりだというのに慌ただしくしてすまないな」

「とんでもないことでございます、陛下。私もなにも説明することなく逃げ出した身です。許されるならば、一度お会いして直接謝罪をすべきだと思っていましたので……」

「そうか……」

しばし無言の時間が流れ、国王がお茶に口をつけたのを合図にそれぞれがカップに手を伸ばした。

(き、気まずい……)

「話、というのはだな……」

陛下が話しづらそうに切り出す。

そこからの話は、レティシアにとってまさに目が点になりそうな内容であった。

レティシアが王太子妃となった後に任されるはずだった役割。

しかし、婚約が解消となったことで頓挫（とんざ）した計画。

アンストート王国の結界の秘密と、結界を維持するために必要な膨大な魔力。

王国の地下で厳重に守られ管理されている、巨大な魔水晶たちの存在。

それを今まで維持できていたのは、とある組織との取引だったという。

国の安定と引き換えに支払ってきた金額は、一年分の国家予算の半分にものぼる。

そんな時に、これまで類を見ないほど純度の高い魔力を潤沢にもったレティシアが現れた、と。

王がすべてを話し終えた後、なんともいえない沈黙が室内に満ちた。

(その組織から膨大な魔力が込められた魔法石？　を購入していたってことだよね？　もしかして、その組織ってレナトを誘拐して魔力を無理やり吸い上げてた奴らだったりする……？)

「陛下、質問してもいいでしょうか？」

レティシアはまずいろいろ聞いてみることにした。

「ああ、なんでも申してみよ」

その言葉に偽りはないと感じ、レティシアは遠慮なく質問させてもらうことにした。

「その組織とはどのような組織なのでしょう？　国家予算の半分とは、あまりにも莫大な額です。その組織とはどのような接点があって関係を持つことに？」

「国が建国されてから張られた結界の維持は王宮魔術師たちの仕事であったのだが、我が父……先代国王の治世の頃に、その組織と取引がはじまったと聞いている。とある国からの紹介されたということだが、その国は十五年前に滅びてしまった。それからは、その国を介することなく直接組織の人間と取引を行っている。現在ほどの金額を請求されるようになったのは八年前、世界的に魔物の凶暴化が騒がれるようになった頃からだな」

「なるほど……」

(足元を見られたってことだね。魔物は管理されたダンジョンから出てこないと聞いたことがあるけど、強固な結界が必要ってことは魔物はダンジョン以外からも湧くってこと？)

「そこでレティシアに頼みがある。地下の魔水晶にそなたの魔力を注入してもらえないだろうか。純度の高い魔力なら、必要な量も比較的少なくて済むということは長年の研究で判明している。もちろん、無償とは言わない。さすがに国家予算の半額の金額は用意できないが、できる限りの対価を払おう」

「もちろんいいですよ」

レティシアはあっさり了承した。自分の祖国であり今も両親が住まうこの国を守る力になれるのなら、迷うことはない。

それに、レナトを誘拐したかもしれない組織の資金源を少しでも断ちたいという思いもある。

「本当か!! 感謝する!!」

国王が急に前のめりに迫ってきたので、レティシアは驚いて後ろへのけぞる。

「陛下、近いです」

侯爵がピシャリと諫(いさ)めた。

「あ、ああ……こんなすぐに快諾してもらえるとは思わなかったからな……」

ハッとした顔で侯爵を見つめて、のろのろとまた腰を下ろす国王。

「レティシア、ありがとう……」

王妃が目を潤(うる)ませてレティシアを見つめる。

「まだ早いですよ王妃様。まずは魔水晶の場所へ案内していただけますか？ 魔力を注入するにもどれくらいの量が必要なのか確認したいということもありますが、いろいろ試したいこともありますし……？」

(もしかしたら、前にレナトを保護していた時に使った魔電池を応用できるかもしれないし)

「もちろん、すぐにでも案内しよう」

「そうだ陛下、ご紹介がまだでしたね。彼は私がこの国から出てから一緒に旅をしていた者で、『レナト』と言います。今の私にとって、家族同然の存在です」

「初めてお目にかかります国王陛下。リデル侯爵閣下のもとでお世話になっているレナトと申します。レティシア侯爵令嬢とともに旅をしておりました。以後お見知りおきくださいますと光栄にございます」

レナトはスラスラと難しい言葉を使って国王に挨拶をする。

立ち上がり、深々と一礼するのも忘れない。

侯爵に挨拶の口上を聞いていたようだが、教わった通り見事にやってのけている。

「レナト、か。そうか、レティシアと旅をともにしていたのだな。よろしく頼む」

「はい」

「レナトも私のように純度の高い魔力を持っています。結界を維持するために、貢献できるかもしれません」

レナトのことどこまで話すかは迷ったが、こうして恩を売ることであわよくば庇護(ひご)対象にしてもらえるのではと思ったのだ。

「おお、本当かっ!! それは……それはなんとありがたいことだ」

レティシアと並ぶほどの魔力の持ち主と聞いて、常に冷静沈着と評される国王が喜びを露わにした。

(こんなに喜んでくださったということは、この国にとってレナトは貴重な存在になったということ。もしレナトを誘拐した人たちが再びレナトを狙おうとしても、国をあげて守ってくれるはずよね)


それから早速、魔水晶があるという地下へ向かうことになった。

向かうのは国王とリデル侯爵、レナトとレティシアの四人。王妃と侯爵夫人はお留守番である。

王宮の奥深く、王族が住まう宮の奥にある複雑な通路を何度か右へ左へ移動させられて、さらに奥へ向かう。

いくつか設置された扉の前や通路には完全武装した近衛騎士が何人も配置されており、この先にあるのが国の根幹をなす重大なものなのであると再認識した。

「これで最後だ」

装飾のない真っ黒な前開きの扉の前にたどりつくと、国王がレティシアたちに告げた。

そこは薄暗く、言われなければそこに扉があることすら気づかなかったかもしれない。

「開けよ」

陛下の一声で屈強な二人の騎士がそれぞれ扉の取っ手を持ち、左右にギギギと音を立てながら開いていく。

中は真っ暗でなにも見えず、地獄への入り口だと言われても納得しそうだった。

「さぁ、行こうか」

(こ、こわー。こんな真っ暗なところを行くの？　照明とかないの!?)

怯えるレティシアを心配したのか、レナトがそっと手を繋いでくれた。

視線を上げると、レナトがニッコリ微笑んで「大丈夫だよ」というようにうなずく。

(い、いい子……レナトはなんていい子に育ってくれたのかしら。美しくて可愛いい上に気遣いがちゃんとできてて……怖がってる場合じゃないわ。私もしっかりしないと！)

繋がれた手をキュッと握り返してレティシアは前を向く。

騎士たちが一礼して下がると、陛下が一歩足を進めた。

するとポッと光が灯り、周囲の空間を照らす。

（人感センサーで点く照明！　こんなのこの世界にあったんだ！）

レティシアは内心驚きつつ喜んだ。

明るくなるだけでもう大丈夫という気になるから現金なものである。

王を守るように随行してきた騎士たちは、ここから先はお留守番らしい。

扉の中まではついてくることなく、扉前で全員が深々と礼をして見送ってくれている。

周囲を見渡すと、ここは円柱型の細長い建物らしい。ずっと下まで螺旋階段が続いている。王宮内ではあるが、ここだけまったく別の空気が流れていた。

国王が慣れた足取りで螺旋階段を下りていくたび、行く手に次々と照明が灯る。

レティシアは王の後ろを歩く侯爵のさらに後ろについて歩きながら、地下深くに守護されている魔水晶ということは、この螺旋階段をどれほど降りていけばいいのだろうかと心配になるのだった。


「陛下、お待ちしておりました」

低いテノールの美声でレティシアたちを迎えたのは、アンストート王国の魔術師長である。

クラウディオ・ラ・ロンバルド、二十代半ばの若き公爵家当主だ。

レティシアほどではないが純度の高い魔力に恵まれ、魔術に対する見識と造詣が深い。

その上若くして魔術師長にまで登り詰めた才覚の持ち主だった。

もちろん公爵家という身分もいくらか後押ししたに違いないが、それだけではこの若さでこの地位を得ることはできない。

「レティシア嬢、お久しぶりです」

王と侯爵の後ろで呆けて立つレティシアに、魔術師長が声をかける。

レティシアは呆けていた。それは魔術師長の中性的な美貌や声にではない。

とてつもなく長く感じた螺旋階段を下りきった先の光景に圧倒されていたからである。

レティシアの目の前にそびえ立つように鎮座しているのは、あまりにも巨大な魔水晶だった。水晶と名がつくだけあって透き通るように美しい鉱石は、ほんのり紫色を帯びている。

レティシアが所持する魔水晶と同じものであるとは到底信じられないほどに、目の前の魔水晶は美しかった。

「あ……失礼いたしました。お久しぶりです、ロンバルド魔術師長」

声をかけられたことに一拍置いてから気づき、レティシアも挨拶を返す。

侯爵が引き継ぐように魔術師長に挨拶をして、レナトを紹介する声を聴きながらレティシアは自分の思いついた案をどう提案すればスムーズか考えていた。

「レティシア、どうした？」

顎に手を添え首をかしげるレティシアに気づいた侯爵が声をかける。

「お父様、魔水晶の魔力の補充って、どうやって補充しているの？」

「それは私から説明させていただきましょう」

魔術師長が声を上げレティシアに説明をはじめた。

この魔水晶は、魔法を込めずに魔力だけが満たされた魔法石を触れさせることで魔力を補充することができる。

以前ある者が直接手を触れて魔力を注ごうとしたことがあったが、一瞬で魔力枯渇(こかつ)状態に陥ったそうで、それからは魔水晶に直接手を触れることすら禁止されたとのこと。

(直接注げたら手間がなさそうだと思ったけど、話聞くだけでかなり危険かも……)

「その方の魔力の質はどうだったんでしょうか?」

「先々代の魔術師長の時の話ですので、詳細な記録までは残っていないのですよ。しかしそうおっしゃるということは、レティシア嬢は直接注がれるおつもりだったのですか?」

「そうですね。直接注げるのなら手間がないのではと考えておりました。しかし危険であるならば、やめたほうがよさそうですね」

「ふむ……そうですね。なにかあっては侯爵に私が殺されてしまいますからね。いや、王妃殿下にも殺されてしまいますか。……二回も殺されるのはちょっと……あれ、でも」

「ロンバルド、冗談はそれくらいにしておけ」

陛下が呆れたように魔術師長の言葉を遮(さえぎ)った。

「皆さん、こちらへどうぞ」

切り替えが早いのか、魔術師長はさっさと案内を開始する。

「こちらが結界の維持装置になります」

長官が示したのは何本もの配線が伸びた装置。

線の先には吸盤のように平たく丸いものがついており、それが魔水晶にくっついていた。

「この装置で魔水晶の魔力残存量がわかります。今はちょうど半分くらい、結界維持期間はおよそ半年といったところになりますね」

装置にはディスプレイパネルのようなガラス板が張りついており、そこに円グラフのようなものが表示されている。グラフの半分は緑色だがもう半分は黒く、残された魔力量が目でわかるようになっていた。

(なるほど。これなら私の魔力でどれくらい貯まるか確認しやすいな。今から早速試させてもらおうっと)

「では、今から私が魔力を込めた魔法石を作るので、触れ合わせてみてどれほど補充されるか調べていただいてもいいですか？」

「そうですね。魔法石に込められた魔力は時間とともに少しずつ漏れ出てしまうので、この場で作成されてすぐ補充するのは無駄がなくていいと思います」

「わかりました。では早速――」

と、行動をはじめようとしたレティシアの腕をちょんと突く感触があった。

「レティ、ボクも作っていーい？」

レナトが甘えた声でお願いしてくる。

「うん？　レナトも？　いいよ！」

レナトの手に魔水晶を渡し、自分も手に魔水晶を握り締める。

「魔力の込め方は前に魔法の込め方を教えた時と一緒だよ。わかる？」

「うん、だいじょうぶ！」

レナトが元気よく答えたので「じゃあいくよ！」とレティシアも元気よく開始を告げた。


「こ、これは……」

魔術師長の上擦った声が、静謐（せいひつ）な空気が満ちる場に響いた。

王も侯爵もガラス板に示された結果を無言で凝視している。

レティシアたちが作成した魔法石を魔水晶へ触れ合わせた結果、表示されたのはとんでもない数値であった。

レティシアとレナトは自分たちが保有するうちの、そこそこの魔力量を込めた……つもりだったが、他者から見るととんでもない量だったらしい。

先ほどまでは半分が黒かった円グラフが、いまや黒い部分は五分の一ほどしかない。

その異常さを、王たちは十二分に理解していた。

これまで組織から購入していた魔法石はレティシアたちが魔力を込めたものより何倍も大きなものであった。その大きさいっぱいに込められた魔力を持ってしても、二人が補充した分と同じ量を補充するには、十倍の個数が必要だったのである。

これが異常と言わずしてなんと言えばよいのか。

「おお神よ……」

神の御業とでもいうべき結果に、王の口から声が漏れた。

レティシアとレナトは互いにそっと目を合わせた。

(王国全土を覆うほどの結界を維持する魔力量っていうからどれだけのものかと思ってたけど、レナトと私なら多分二日くらいかけて魔法石を作るだけで、一年分はの魔力はあっという間に確保できるんじゃないかな)

一般的に見れば尋常ではない量の魔力を使った二人はけろりとしている。

まったく負担になってない様子を見て、侯爵は安堵していた。

「こんな感じでレナトと二人で一年に一度補充しにこちらへ来れば、問題なさそうですね。来られないような時は魔力を貯めておける魔道具を開発して対応しようかなと思います。私は『魔電池』って名づけてるんですけど、魔法石のように時間経過とともに魔力が流れ出ることのない優れものです。ああでもしっかり検証したことがないので、実用化するなら検証してからですね」

「なんと！　レティシアは魔道具も作れるのか!?」

王が驚いて侯爵を見るが、侯爵も知らないことであったのでブンブン音が鳴るほど左右に激しく首を振っている。

「ああ……こんなに多才な令嬢が我が娘になるところだったというのに、残念なことだ……」

アンストート国王はひどく落ち込んでいる。

「娘にはなれずとも一臣下として王国を支えることはできます。結界を維持するために協力は惜しまないつもりです」

婚約に関するあれこれで嫌になってしまっただけで、アンストート王国自体を嫌っているわけでもない。むしろ生まれ故郷である国を守りたい気持ちはしっかりある。

「それに、娘になれなかったからこそ強力な助っ人もできましたし。陛下の娘となっていたらレナトとは出会えなかったでしょうから、残念なことばかりではありません」

そう言って、レティシアはレナトと目と目を合わせ微笑んだのだった。


長い螺旋階段を上る苦行を想像して戦々恐々としていたが、帰りはエレベーターのような箱型の乗り物に乗り元の場所へ戻れるらしい。

行きの乗り物だけは、防犯の観点からあえて作っていないということだった。

(地下の魔水晶を壊されでもしたらこの国は終わりだものね。不届きなことを企む人間がいてもなかなかたどりつけないように、ってことだわ)

王妃様と母の待つ貴賓室へ戻った時にはなんと数時間が経過していた。体感としては一時間もなかった気がしていたが、あの螺旋階段を下りるのに時間かかったのだと思われる。

王は関係者への結果報告があるとかで、宰相である父を連れて休憩もとることなく慌ただしく去っていった。

そのため、結果を心配して待っていた王妃と母にはレティシアが説明することになった。

いい報告をするというのは大変嬉しいものである。

報告を聞いた二人が言葉を失い、口元に手を当てて瞳を潤ませていたのには慌ててしまったが。

「結界の維持費はずっと国にとって頭の痛いことだったの。数年前に維持費が跳ね上がってからは頭が痛いどころでは済ませなくなって、維持費を捻出するために様々な政策や補償を諦めざるを得なかった。もう国としてどう舵を切るべきか決断を迫られている状態だったのよ。だから陛下がジェレマイアとレティシアの婚約解消を決断した時、禁呪に手を出すことも考えているのではないかと心配していたのだけど……杞憂に終わりそうで、本当によかったわ」

王妃殿下は心情をすべて吐露するように口にすると「さ、お茶にしましょう」と晴れやかに笑う。

(禁呪……?)

結界を維持する方法がほかにもある、ということなのだろうか。しかし禁呪というからには、なにか危険や犠牲を伴うものなのだろうとレティシアには思えた。

レティシアとレナトの協力で、もう結界の憂いは払えた。

結界の維持に回していた分の予算で、どうかこれからも国を良い方向へ導いていってほしい。

おいしいお茶と菓子をいただいた上、お土産まで持たせてもらってレティシアは大満足であった。

宰相である父は、今日はそのまま王宮に滞在することになった。

突如として国家予算の半分が必要なくなったことへの対応である。レティシアとレナトが魔力を補充することを仕事と定めて役職を用意するか、極秘扱いにするか、その辺りも話し合われるようだ。

というわけで、母とレナトの三人で侯爵邸に帰ることになったのだった。

侯爵が屋敷に帰宅するまで、三日を要した。

リデル侯爵は三日ぶりの我が家を見上げ、使用人たちを見回してうなずく。

出迎えた妻の姿を見つけると駆け寄ってその手を握り、「ただいま」と告げた。

そのまま仲睦(なかむつ)まじい様子で妻の手を引きエスコートする。

向かった先は夫婦の部屋でも己の執務室でもなく、娘であるレティシアの部屋。

出迎えてほしかった気持ちはあるが、レティシアがロザリンドに自分の帰宅を知られたくないようであったので、部屋から出て目立つ行動をするのは控えたいというレティシアの気持ちを優先している。

「お父様、お帰りなさい」

レティシアに笑顔で出迎えられてデレデレになりつつ、今から伝えなければならない内容を考えて憂鬱(ゆううつ)になる侯爵。

レティシアの私室のソファに腰を据え、侍女にお茶を用意してもらうのを待つ間、侯爵はどう切り出そうか頭を悩ませた。

隣に座る妻は、これから夫がなにを言うのかわかっていないだろうに、所在なさげに膝に置いていた己の手を励ますようにポンポンと触れてきた。

侯爵はようやく覚悟を決め、レティシアに早々に告げることにした。

時間をかけても話す内容は一緒なのである。

「レティシア、先日は陛下と会ってもらったが……今度はな……」

妻に背中を押してもらったような気になってつらつらと話しはじめたが、本題に入ろうとするとやはり口が重くなる。

「ジェレマイア王太子殿下とお会いしてほしい、ですか？」

口ごもる侯爵の言葉を最後まで聞くことなく、なんとなく察したレティシアが用件を言い当てた。

「えっ、あ、ああ……そうだ。ジェレマイア王太子殿下にお会いしてほしい。もちろん、婚約しなおしてほしいとかそういう話ではなく、区切りというかケジメというか……謝罪をしたいのだそうだ」

だんだんとしかめっ面になるレティシアに早口になる侯爵。

（えー、面倒だなあ。今さら謝罪されてもだし……）

レティシアはますます渋い表情になる。

「謝罪は不要です。すべて終わったことですし、怒ってもいませんし。もっと言うならどうでもいいとすら……ですが、そうですね。区切りをつけるという意味ではお会いして差し上げたほうが、互いにスッキリのでしょうか……」

本音を赤裸々に語ったが、最後に顔を合わせたのはあの破廉恥極まりない不貞の現場だ。

それはそれでなんとなく嫌な気分だった。

「今後も結界への魔力補充で定期的に王宮へ行くことになりそうですし、お会いしておくことにします」

今後ロザリンドと結婚すれば、義弟になる相手である。

一応家族の枠に入るので無碍（むげ）にするのもよくないと思い直したのだった。

「そうか。では、そのように伝えておこう」

娘が話し合いを了承したことで、侯爵は嫌な役回りを終えたのだった。

すぐに王宮に呼ばれるかと構えていたが、指定されたのは二日後だった。
元婚約者の謝罪というあまり見せたくないし聞かせたくない場であったので、当初レティシアはレナトを同席させないつもりであった。
しかしレナトは一緒に行くと強情に言い張り、見かねた侯爵が試しに王に打診をしてみると、結界の件でアンストート王国に多大な貢献をしたレナトはあっさり同行を許可された。
正直、ドレスは重いので着たくはないし、元婚約者に会うのに見た目をよくする必要性を感じないのだが、王宮に行くにふさわしい恰好をするのは貴族令嬢としての礼儀だと母に諭（さと）され、渋々貴族令嬢らしく美しく着飾ったレティシアである。

王宮に到着して馬車を降りると、婚約者時代に見慣れた王太子殿下付きの侍従が出迎えた。

案内されるままついていったのは、また前回と同じ貴賓室だった。

中に通されると、すでに室内には人の気配があった。

気配の主は、ジェレマイア王太子殿下ご本人である。

レティシアはその姿に驚いて立ち止まった。

ジェレマイアがいたことに驚いたのではない。ジェレマイアの姿に驚いたのだ。

（えっ……ジェレマイア殿下、すごい痩せてない？　王太子って国王の次に忙しい身分だろうけどここまで痩せるほどに激務なの⁉　それとも病気かなにか⁉）

「レティシア……いや、リデル侯爵令嬢と呼ぶべきかな？」

ひどく弱々しいその姿に、つい「いえ、レティシアで結構です」と言ってしまった。

「ありがとう。レティシア嬢」

寂しげに微笑むジェレマイア。どこの深窓の令嬢にも負けない儚さである。

（えー……なんか冷たいこと言いづらいじゃない。こんなの病人をいじめるみたいで無理だよ。謝罪を聞いたら「許します！」とだけ言って、軽くお茶して帰ろう）

頭の中でこれからの流れを素早く決めると、レティシアはジェレマイアが待つテーブルへ足を進めた。後ろには影のように無表情になったレナトが付き従っている。

レティシアがジェレマイアと向かい合わせに座ると、隣に父が座る。レティシアの背後には、護衛騎士のように瞳を物騒に光らせたレナトが立った。

侯爵とレティシアがジェレマイアに挨拶を済ませ、レナトの簡単な紹介もする。

レナトのことに関しては王からしっかり情報が伝えられているのか、ジェレマイアは「国のために貴重な魔力をありがとう。感謝する」と頭を深く下げた。

王族は簡単に頭を下げてはいけないものらしいが、国の根幹を揺るがす結界問題を解決しこれからもサポートを続けてくれるというレナトに対して、きちんと敬意を表するのは好感が持てる

（女関係にはだらしなかったけど、こういうところはちゃんとした方だったのよね。内政も外交も弱点なしと言わしめる優秀な王子だったし、女関係さえちゃんとしてたら未来は変わっていたのかも）

弱々しい笑みを浮かべたままのジェレマイアを見つめながら、レティシアは大変失礼なことを考えていた。

「レティシア嬢、陛下から結界のことを聞いた。あのようなひどい扱いをした私の治める国を助けてくれることを大変ありがたく、大恩を感じている。本当にありがとう」

レティシアへも深く頭を下げるジェレマイア。

「殿下、頭を上げてください。ここは私の生まれた国ですから、厭（いと）うことなどありません。愛する家族のいる国ですし、私は妃教育でたくさんの民の生活や思いに触れる機会が幾度もありました。その中で民の生活を守り、国をよりいい方向へ導いていく王太子殿下を支えなければと、五年間学んできたのです。その思いや考えは婚約を解消したからといって消えることはありません。この国を守りたいと願う気持ちは今もあの時と同じです」

黙って耳を傾けるジェレマイアに向けて長々と語り終えると、レティシアは一仕事終えたとばかりにこっそりため息をつく。

「ありがとう……」

万感の思いを堪えるかのように引き結ばれた唇。眉間に寄せられた皺（しわ）を見るに、体調が優れないのだろうか？　とレティシアが思ったところで、ジェレマイアの瞳からポロリとなにかがこぼれ落ちた。

（なにか落ちた――？）

そのなにかは幾度もぽろりぽろりと白皙（はくせき）の頬を伝い滑り落ちる。

（ええ!?　な、泣いてらっしゃる……）

それはレティシア、おそらく侯爵も初めて見るジェレマイアの涙であった。

「レティシア嬢、そのように思い努力し続けた貴女を私の愚かな行動が貶（おとし）めてしまったこと、改めて謝罪したい。本当に、本当にすまなかった……」

先ほどの結界のお礼の時よりも深く頭を下げている。

その間も瞳から涙がこぼれ落ちているのか、頭を下げたままのジェレマイアの両脚にぽたりぽたりと落ちて染みを作っている。

「五年間、まったく辛くなかったと言えば嘘になりますので、そこは正直に辛かったと申し上げます。それでも一番辛かったのは、妹のロザリンドと不貞されたことでした。ジェレマイア殿下の不貞自体は慣れていたというか……ここはまあ、割愛しますが。わざわざ妹を不貞の相手にお選びになったことで『もう無理だ』と確信したのです。それからは、どうにかして逃げることばかりを考えていましたし……しかし私も王族の婚約者という責任ある立場にありながらすべてを中途半端に捨てて逃げ出したことはまた事実。ですので、どっちもどっちということにいたしませんか？」

「え……」

ジェレマイアの喉から小さな声が漏れるのが、まだ頭を下げ続けたままである。

「私はリデル侯爵家長女であり王子殿下の婚約者であり、将来を背負うために厳しい妃教育を受けていました。そんな重大な立場にありながら、もう無理とすべて投げ出して逃げたわけです。後悔はしていませんが、別の方法もあったのではないかと、今は思うことができます。ですから、我が妹と不貞を行った殿下と私はどっちもどっち、お互い様ですので、もう謝罪は必要ありません。あと、もう頭を上げてください……」

「レティシア……お前……」

隣にいる侯爵が唖然とした顔でレティシアを見つめている。

後ろに立つレナトは依然として険しい顔でジェレマイアを威嚇していた。

「どっちもどっちで、お互い様……」

顔を上げたジェレマイアは、流れる涙を拭うこともせず呆然と呟いた。

「それに、妹との不貞って……アレですよね？　魅了の魔法のせいですよね？　殿下にも隙はあったのかもしれませんが、それこそもう謝罪不要ではないですか？」

と、レティシアは爆弾発言を投下した。

「「っ⁉」」

侯爵とジェレマイアは驚愕する。それはまだ明かされていない重大な秘匿事項であった。

冷気を感じて後ろを振り返ると、レナトがジト目でレティシアを見つめていた。

『レティ、なんで今言っちゃうかな……』と呆れた声が聞こえてきそうな表情をしている。

(あー……言っちゃまずかった感じかな？　ははは……)

「侯爵、レティシア嬢になぜこの話を？」

「いえ、なにも伝えておりませんが」

ジェレマイアに問い詰められ、侯爵は慌てて否定した。

実はレナトが使える情報収集の魔法があって、屋敷内のあちこちに耳と目がある状態なのだとはさすがに言えない。そんなスパイ活動みたいなことをしていたのがバレれば叱責どころではすまなさそうなので、レティシアはどうしたものかと口を噤んだ。

そこで呆れつつもレナトが助け舟を出す。

「王太子殿下、侯爵閣下、発言よろしいでしょうか？」

レナトの言葉に侯爵はうなずき、「許可する」とジェレマイアが答える。

「レティ……シア様がその情報を知ったのは偶然だったのです。昨日、侯爵閣下に用があり執務室へ向かったところ、折り悪く側近の方とお話をされているところでした。その上、扉が薄く開いたままになっておりまして……そこで禁忌とされている魅了魔法をロザリンド嬢が使用したというようなお話を聞いてしまいました。レティシア様は大変戸惑い、混乱されて慌てて部屋に戻ったのですが、その時の内容が忘れられず……先ほど思わず発言してしまったのだと思います」

そんなうまい話があるのか？　でも知ってるとすればそれ以外になく。本当のような嘘のような曖昧な話をレナトは告げた。

レティシアは首を上下に振り、その通りですと主張している。

「「…………」」

侯爵とジェレマイアは無言で思案する――が、追及したところで今さらである。

父侯爵に至っては娘を問い詰めたい気持ちになっていたが、この場ではないと苦言を呑み下した。

「もう知ってしまったなら、仕方ない。魅了の魔法は禁忌の術だ。まったく面識のない相手でも魅了の魔法をかけられれば意思を捻じ曲げられ、強力な隷属を強いられる。その危険性から使用することもその魔法を込めた魔道具や魔法石の制作、所持、販売等のすべてが禁止されており、禁を犯した者は極刑に処される」

極刑――という言葉に、重々しい空気が室内に広がった。

（ということは……え、ロザリンドは死刑ってこと……!?）

隣に座る侯爵へ顔を向けると、その顔色はひどく悪くなっていた。

（あ、これマジなヤツだ……）

妹に婚約者を奪われたレティシアはとても辛かっただろうが、極刑までは望んでいなかっただろう。前世の記憶が戻った今のレティシアも、そこまでは望んでいない。

しかし禁忌を犯したのだとしたら、責任は取らなければならないのではないか。

しかも魅了の魔法をかけた相手は王族である。王族に危害を加えたことになるので、使ったのが禁術でなかったとしてもそれだけで極刑ものではないか。姉の婚約者とわかっていながら不貞を犯す妹を愚かだと思っていたが、ここで愚かだったとは思わなかった。

「――普通はそうする。が、今回は秘匿とされることになった。結界の維持という大役を担う者の家に犯罪者がいると知られるのは望ましくないし、ロザリンドはすでに私の婚約者の座にいる。使用された指輪はすでに効力を失くしており、これ以上悪用することはできないだろう。だからといってお咎めなしにはできない。まず病を理由に婚約関係を解消した上、反省する様子がなければ賜死とする。表向きには病のせいでというかたちになるが……反省しているようであれば、戒律の厳しい修道院で生涯を過ごしてもらうことになる」

(賜死……って、毒杯を飲んで、ってことよね。修道院は……厳しいだろうけど、そのくらいがちょうどいいんじゃないかと思う。ロザリンド、フリでもいいから反省の色を見せてくれるといいけど……)

もはやレティシアが知る幼い頃のロザリンドはどこにもいないようで、寂しさを感じる。

魅了魔法の件をレティシアが口を滑らせてしまったせいで、ジェレマイアが望んだ謝罪の場といった空気感でもなくなってしまい、解散することになった。

「レティ、なんでボクから聞いたことをぺらぺら話しちゃうの」

侯爵邸に戻り、レナトにプンスコ説教されているところである。

「ご、ごめんね？」

しどろもどろに謝罪するレティシア。内心はプンスコ怒ったレナトが可愛くて悶えている。

「レティ！　聞いてるの！　今回はあの王子とレティのお父さんだけの場だったからよかったけど、いつもそうだとは限らないんだからね!?」

見目麗しい美少年が怒ると迫力があるのだが、レティシアは可愛い可愛いと思うばかりである。

「うん、次からは気をつける。レナトが助けてくれてすごく助かったよ。ありがとう」

しっかり者の弟がいてレティシアは幸せである。レナトのサラサラの髪を乱すようにわしゃわしゃと頭を撫でまわした。

「ダメ、ボク頑張ったんだから、もっと撫でて！」

髪を乱しすぎたかなと一度止めた手に、レナトの催促が飛ぶ。

「か、かわいい……」

思わずギュっと抱きしめてしまった。

「レティ！　恥ずかしい！」

「誰も見てないじゃないの。いいこいいこ」

抱きしめながらレナトの頭を撫でるレティシア。レナトの顔は耳まで真っ赤である。

「もう、この人たらし……」

レナトが小声でボソッと呟く。

「ん？　なあに？」

よく聞き取れなくて聞き返すレティシアに「なんでもない！」と返すレナトであった。

あれから数日後、侯爵が帰ってきた。

そういえば帰宅して以来ロザリンドを見かけないと思っていたら、魅了の魔道具の使用がバレてからずっと王宮で軟禁されていたらしい。なるほどまったく見かけないわけである。

特殊な事情から大っぴらに尋問することはできず、おまけに「私はお姉さまを連れ戻さないと殺されるのよ‼」と叫んで部屋で暴れていたらしい。

殺される殺されると叫ぶ姿は異様で、禁術を使用したことによる副反応で精神に異常をきたしたのでは判断された。

魅了の魔法の使用について、ロザリンドはずっと否定していた。

「そんなもの知らない、ただのお守りよ‼」と何度も訴えていたが、とうとう魔術師長が介入し指輪から魅了の魔法の痕跡が確認され、ロザリンドは観念したように大人しくなったらしい。

反省している様子を見せ、入手した経緯なども素直に自供したため、命を奪われることは免れて修道院へ送られるに留まることとなった。

しかしロザリンドが明かした指輪の入手先が王宮にいた黒いローブの集団であり、それが結界を維持するために高額な魔法石の取引をしてきた組織であることが判明した。

レティシアとレナトの協力で今後の取引は断てることとなったが、余罪も含めいろいろと問題が出てきそうである。

（それにしても魔術師長ってすごいのね。今度魔法についていろいろ話を聞いてみたいな）

姉の婚約者を奪うという大問題を引き起こした上、よりによって禁術である魅了魔法を使っていたロザリンド。

姉と同じように育てたつもりが、どこでなにを間違えたのかと両親は深く落ち込んでいる。

（なんと声をかけていいか悩むわ……両親にとっては娘であることに変わりないし責任を感じるのは仕方のないことだろうけど、甘やかし放題だったわけでもなく、私と同じように厳しく育てていたのを知ってるし……）

「レティ、大丈夫？」

ため息をつくレティシアを、レナトが心配そうに覗き込む。

「お父様とお母様のことを思うとね……もしも私が逃げ出さずにあの子とちゃんと向き合ってたら、違う結末もあったのかもしれないなって」

「向き合わないとダメ？」

「え？」

不思議そうに首をかしげるレナト。

「レティが許したいなら向き合うのも大事だと思うよ。でもそうじゃないなら、別にいいじゃない。もう一生会えないわけじゃないんだし、レティが心から会いたいって思ってるわけじゃないなら、無理に向き合わなくてもいいんじゃないかな」

「レナト……」

それもそうかもしれない、とレティシアは顔を上げる。

本当だったら極刑ものの罪を犯したのに、ロザリンドは命まではとられずに済んだのだ。

いつか許してもいいかなと思えたら会いに行くのもいいかもしれない。

そんな日がくるかは知らないけど――と、これについてレティシアはこれ以上考えるのをやめることにした。

レナトと一緒に王宮にある地下へ通い、魔水晶に魔力を補充する。

もう満タンになるまで補充できたので、しばらく王宮にも行かなくてよくなった。

と、なれば。

「レナトとまた二人旅でしょう！」

「やったーーーー!!」

青空の下、苦笑する両親にレティシアは満開の笑顔を向けた。

「お父様、お母様、帰る時は転移魔法ですぐ帰れますのでご安心ください。まだ行きたい場所も見たい景色も食べたいお肉もたくさんあるのです！　また来月……？　多分そのくらいに帰ってくるであろうお兄様に会いに戻りますね」

「ああ。レティシアもレナトも怪我には気をつけるんだよ。レナト、レティシアが暴走しそうな時はすぐに知らせなさい」

侯爵は新生レティシアの性格を理解しているようで、以前のように真面目で我慢強いレティシアではないことを受け入れている。

「レティシアがいなくなると寂しいわ。一カ月と言わずに毎週でも戻ってきてほしいくらい。ただでさえ五年間ずっと王宮に通い続けて娘として触れ合える時間が少なかったのよ。婚約が解消されてもっと一緒に過ごせると思ったのに……」

へにょりと眉を下げて寂しそうな母に、レティシアも同じ表情でへにょりと眉が下がる。

「お、お母様……では二週間に一度は顔を見せに戻りますわ」

母に弱いレティシアであった。

隣に立つレナトがまた安請け合いするレティシアに内心でため息をつく。

情に脆いのはレティシアらしく、実際レナトもその情の脆さから旅の同行者として受け入れてもらえたのだからなにも言えない。

「レティ、行く？」

レティシアの手を取りキュッと握るレナト。

「うん！　行こう！」

レナトに元気よく同意すると、レティシアは両親に向き直り、晴れやかな笑顔を向けた。

「では、行ってきます！」

雲一つない青空のもと、レティシアは手に握った転移の魔法石を握り締める。

足元に金色の魔術陣が浮かび上がり――

金色の粒子を漂わせながら消えた。

「行ってしまったな……二週間後に会えるが。レティシアの扱いはお前のほうがうまいらしい」

侯爵がにやりと愛しの妻へ笑顔を向ける。

「ええ。愛する娘との時間を少しでも得るためには、弱った母のほうがいいのですよ」

先ほどの寂しげな表情はどこへやら、愛する夫に嫣然（えんぜん）と微笑みかける夫人だった。

転移した先は、レナトと出会った街近くの森。

「まだそんなに時間経ってないのに、懐かしいって思うなんてね」

「そうだね。ボクはここで連れてってもらったから、旅のはじまりの大切な場所だよ」

「ふふふ、あの時のレナトはすごくちっちゃくって。可愛いかったなぁ。あ、もちろん今でも可愛いよ！」

「……可愛いよりカッコいいって言われたいなー、なんて」

「ん？　なに？」

レナトが小声でぼそぼそ言うものだから、レティシアは聞き返す。

「あの人元気かなって。あのほら、ボクの身分証とか用意してくれた人」

「あ、あの女たらしね！　近くに立ち寄ったら会いに行く約束してたんだった。今から行ってみようか？　どのみち辻馬車に乗るためには街に行かないとだし」

「えっ！　ああ……そんな話してたかもね……」

レナトは面白くなさそうに呟く。

会いに行く相手は男だし女たらしだし、恩人だとはいえ面白くはない。

「あー、どうしよう。老婆の姿にならないといけないかなー。もう面倒だから今の姿で行って事情話しちゃうかな」

「だめっ!!　老婆だったけど十代の少女だったなんて混乱しちゃうでしょ!!　事情って王太子殿下の元婚約者でとかそういう話だよ？　大変な内容なんだから話す必要ないと思う。混乱させちゃうのもよくないから、老婆の姿で会って久しぶりだねぇでいいじゃない。あ、もちろんボクもあの頃くらい小さく見えるようにして行くから」

レナトの前のめりの圧にレティシアが一歩後ずさる。

「わ、わかった……」

「女たらしに説教までしてたんだし、十代の小娘が語らないような説教してたんだから、老婆のままのほうがしっくりくるよ」

（まあそれもそうか）

「あ、街で串焼き買う？」

レティシアが問いかける。

「もちろん！　ここの串焼きもおいしかったよね」

レナトがお日様のように輝く笑顔で笑う。

その笑顔がもっともっと増えるような楽しい旅を、これからも二人で。

そう願いながらいつものように手を繋ぎ、旅のはじまりだった街へ歩いていくのだった。

原作:餡子・ロ・モティ
漫画:オミクニ
Regina COMICS
精霊守りの薬士令嬢は、婚約破棄を突きつけられたようです
Seireimori no KusushiReijo ha, Konyakuhaki wo Tsukitsukerareta youdesu
1〜3
宮廷魔導院で薬士として働きながら、
その高い魔力を買われ王太子の婚約者となったリーナ。
しかし突然、王太子から婚約破棄を突きつけられ、
これ幸いと仲間の精霊達と王都を飛び出した。
湖上の小都市に移住したリーナは、さっそく薬草園を作り、
第二の人生をスタート! 希少ポーション作りに
精霊達との交流など、無自覚にチートを発揮して——!?
稀代の薬士令嬢のサクセスストーリー、ここに開幕!
コミックス大好評発売中!
加護もち薬士令嬢チートスキルで王国の命運を握る!
無料で読み放題
今すぐアクセス!
レジーナWebマンガ
B6判/各定価:748円(10%税込)

この作品に対する皆様のご意見・ご感想をお待ちしております。

おハガキ・お手紙は以下の宛先にお送りください。

【宛先】

〒150-6019 東京都渋谷区恵比寿4-20-3 恵比寿ｶﾞｰﾃﾞﾝﾌﾟﾚｲｽﾀﾜｰ 19F
（株）アルファポリス　書籍感想係

メールフォームでのご意見・ご感想は右のＱＲコードから、
あるいは以下のワードで検索をかけてください。

アルファポリス　書籍の感想

ご感想はこちらから

本書は、「アルファポリス」（https://www.alphapolis.co.jp/）に掲載されていたものを、
改題・改稿、加筆のうえ、書籍化したものです。

どうぞお続けになって下さい。

～浮気者の王子を捨てて、拾った子供と旅に出ます～

iBuKi（いぶき）

2024年 4月 5日初版発行

編集－渡邉和音・森 順子
編集長－倉持真理
発行者－梶本雄介
発行所－株式会社アルファポリス
〒150-6019 東京都渋谷区恵比寿4-20-3 恵比寿ｶﾞｰﾃﾞﾝﾌﾟﾚｲｽﾀﾜｰ19F
TEL 03-6277-1601（営業） 03-6277-1602（編集）
URL https://www.alphapolis.co.jp/
発売元－株式会社星雲社（共同出版社・流通責任出版社）
〒112-0005 東京都文京区水道1-3-30
TEL 03-3868-3275
装丁・本文イラスト－UIIV◇
装丁デザイン－AFTERGLOW
（レーベルフォーマットデザイン―ansyyqdesign）
印刷－中央精版印刷株式会社

価格はカバーに表示されてあります。

落丁乱丁の場合はアルファポリスまでご連絡ください。

送料は小社負担でお取り替えします。


ISBN978-4-434-33628-7 C0093